Diogenes Taschenbuch 22501

de
te
be

D1870400

Georges Simenon

Das Haus der sieben Mädchen

Roman

Deutsch von Helmut Kossodo

Diogenes

Titel der Originalausgabe:
›La maison des sept jeunes filles‹

Umschlagfoto: Guy Bouchet

Deutsche Erstausgabe

80/92/29/1
ISBN 3 257 22501 6

I

Noch einmal ging er vom Fenster bis zum Bücherschrank, was drei gute Schritte ausmachte, und dann vom Bücherschrank zur Tür. Das war alle Bewegung, die sein Arbeitszimmer zuließ – der kleinste und mit Möbeln vollgestopfteste Raum des Hauses.

An der Tür lauschte er, und das konnte er unmöglich tun, ohne daß es seine Besorgnis erregte. Gewiß, das Haus war klein wie alle neuen Häuser, aber es war auch so robust wie ein altes; mit Fußböden, die richtige Fußböden, Decken, die Decken und Wänden, die Wände waren.

Trotzdem hätte man in diesem Augenblick glauben mögen, daß es zerbersten würde oder anschwellen oder sich biegen und schaukeln wie in einem Zeichenfilm.

»Huguette!« rief Guillaume Adelin, Geschichtslehrer am Gymnasium von Caen, mit viel Würde und Ruhe auf der Schwelle seines Arbeitszimmers. »Huguette!«

»Ja, Papi...«

Er runzelte die Stirn und seufzte nicht nur wegen dieser lächerlichen und viel zu familiären Anrede, sondern auch wegen allem, was er hörte: knallende Türen, laufende Wasserhähne, zitternde Fußböden und ein Geschrei, das wie zwanzig Zänkereien klang.

»Sind Sie sicher, daß es groß genug ist?« hatte Adelin

wiederholt gefragt, als er dieses Haus im neusten und luftigsten Stadtteil Caens erbauen ließ.

»Gewöhnlich ist ein solches Haus für zwölf Personen ausreichend«, hatte der Architekt beteuert.

Nun hatte Adelin zwar nur sieben Töchter, aber diese sieben Töchter nahmen so viel Platz ein, daß man den Eindruck gewann, es sei gar kein richtiges Haus, sondern ein Puppenhäuschen.

»Das sind *meine* Strümpfe, sage ich dir!« keifte Elisabeth im zweiten Zimmer. »Gib sie mir sofort zurück!«

Eine ihrer Schwestern mußte sich diese Strümpfe bereits angezogen haben, denn diesem Befehl folgten eine Rangelei, das Quietschen von Bettfedern, ein wilder Kampf und dann schließlich die von Mimi mit friedlicher Stimme hervorgebrachte Feststellung:

»So, das hast du davon! Jetzt kannst du sowieso nichts mehr damit anfangen!«

Und Guillaume Adelin, der so gern das Oberhaupt einer musterhaften Familie gewesen wäre, seufzte wieder und rief:

»Also Huguette, wird's bald?«

Huguette erschien auf der Treppe, und natürlich hatte sie sich so viel Schminke auf die Lippen geschmiert wie Butter auf eine Stulle.

»Was willst du, Papi?«

»Komm einen Augenblick herein...«

Er wußte, daß er schön war, daß er ein Medaillenprofil hatte und die Statur eines wahren Wikingers und daß seine kahle Stirn ihm nur noch mehr Adel verlieh.

»Setz dich! Habt ihr beschlossen, wer ihm die Tür öffnen wird?«

»Nein. Aber ich nehme an, daß ich es tun werde...«

»Gerade das müssen wir vermeiden... Dieser junge Mann kommt zum erstenmal hierher, um sozusagen offiziell deine Bekanntschaft zu machen... Du darfst dich also nicht zu beflissen zeigen, damit er dich nicht für ein kleines Mädchen hält, dem er den Kopf verdreht hat... Es wäre mir lieber, wenn Rolande ihn begrüßt... Warte! Ich bin noch nicht fertig... Erwartet ihn nicht alle im Salon, laßt es nicht so aussehen, als ob die ganze Familie über diesen Besuch außer Fassung geraten ist... Was mich betrifft, so werde ich hierbleiben...«

»Aber Papi...«

»Und vor allem wünsche ich nicht, von euch allen Papi genannt zu werden!... Also, wie gesagt, bleibe ich einstweilen hier... Ihr werdet ihm erklären, daß ich arbeite, und dann wird eine von euch mich holen...«

»Ja, Papi!«

Jetzt legte er ihr die Hand auf die Schulter und fühlte sich sentimental werden.

»Aufgeregt?« fragte er.

Und Huguette antwortete ganz einfach:

»Nein, Papi. Warum?«

Er zögerte, ging noch einmal bis zum Fenster, trat wieder auf seine Tochter zu und legte ihr abermals die Hand auf die Schulter.

»Meine liebe kleine Huguette, wahrscheinlich werden wir dir das Ende unserer Schwierigkeiten zu verdanken haben... Laß dich umarmen und dir danken...«

»Ist das alles?« fragte sie ungeduldig und in Eile, zu ihren Schwestern zurückzukehren.

»Es ist alles ... Geh und schau, ob deine Mutter bereit ist ... Sag Mimi, sie darf nicht unanständig reden, und Rolande, sie muß liebenswürdig sein ..., und sieh zu, daß die Kuchen nicht wieder anbrennen ...«

Als er die Tür hinter ihr schloß, hatte er den Eindruck, all seinen Pflichten nachgekommen zu sein, wie ein General, der die Verantwortung für eine Armee trägt, oder ein Staatsmann, der ein ganzes Volk zu führen hat!

Und hatte er nicht das ganze kleine Volk der Adelins zu führen, von dessen Schritten und Schreien das Haus widerhallte?

Gewiß, das Haus war nicht groß, aber es war neu, aus schönen roten Ziegeln erbaut, mit dem schönsten Dach der Straße und einem Garten hinter der Küche!

Fünfzehn Jahre lang, während man auf Jungen wartete und immer nur Mädchen kamen, während mürrische Hausbesitzer die Adelins zwangen, wie die Zigeuner von Wohnung zu Wohnung zu ziehen, hatte man sich hundertmal damit getröstet:

»Wenn wir erst einmal ein Haus haben ...«

Jetzt hatte man es seit vier Jahren, und es entsprach ganz dem Modell im Katalog, mit dem einzigen Unterschied, daß das im Katalog still und stets aufgeräumt war. Aber hatte es nicht auch angenehme Seiten, wie heute, wo es so lecker nach Kuchen roch?

»Huguette!« rief Guillaume Adelin abermals.

»Was ist denn nun schon wieder?«

»Komm einen Augenblick herein ...«

Er schloß die Tür hinter ihr und dämpfte die Stimme.

»Ich möchte dich noch etwas fragen... Aber glaube um Gottes willen nicht, daß ich dich drängen will... Wann, denkst du, könnte es sein?«

»Aber Papi, das weiß ich doch nicht!«

»Hat er mit dir darüber gesprochen?«

»Nicht genau in dem Sinne...«

»Schließlich hat er dich geküßt... Er liebt dich also... Ich nehme an, er hat es dir gesagt... Und dann war er sofort einverstanden, als du ihn zum Tee nach Hause eingeladen hast...«

»Klar!«

»Gut! Laß mich jetzt...«

Und Guillaume Adelin wurde nervös, wurde immer nervöser, je näher die Stunde rückte. Er hatte sieben Töchter, von denen die älteste, Roberte, siebenundzwanzig Jahre alt war, und zum allerersten mal kam ein zukünftiger Schwiegersohn, um sich bei ihm vorzustellen! Und was für ein zukünftiger Schwiegersohn! Gérard Boildieu, der Sohn des verstorbenen Generals Boildieu, der einzige Sohn noch dazu, der mit seiner Mutter in einem der schönsten Herrenhäuser der Rue des Minimes und auf dem Landsitz der Boildieus lebte!

»Huguette!«

»Herrgott nochmal, Papi!...« rief sie vom Erdgeschoß aus.

Es war ihm plötzlich eingefallen, daß man Vorkehrungen treffen mußte, falls Monsieur Rorive während dieses so wichtigen Besuchs hereinschneien sollte.

»Rolande! Mimi!«

Doch gerade im Augenblick, da er Anweisungen

erteilen wollte, schellte die Klingel, brachte das Haus zum Erstarren und setzte aller Aufregung ein jähes Ende. Adelin war so bewegt, daß er eine kleine Truhe öffnete und sich ein Gläschen Calvados einschenkte, was er sonst nur tat, wenn die Müdigkeit ihn übermannte. Dann richtete er sich auf, nahm die würdige Haltung eines Familienvaters ein, aber auch die des Wissenschaftlers, der sich aus Pflichtgefühl von der Arbeit reißt. Die Tür einen Spalt öffnend, hörte er Stimmen im Korridor, trat zwei Schritte vor, lehnte sich über das Treppengeländer und erbleichte.

Monsieur Rorive hängte seinen Hut an den Garderobenständer und sagte:

»Ich bin nur gerade vorbeigekommen, um guten Tag zu sagen... Das riecht aber gut bei euch, will mir scheinen!«

Monsieur Rorive, das heißt der Feind, der Alptraum der ganzen Hausgemeinschaft! Monsieur Rorive, der ihnen einen Teil der notwendigen Geldmittel für den Bau des Hauses geliehen hatte und der seit zwei Jahren jede Woche erschien, um vergeblich sein Geld zurückzuverlangen!

»Papi! Es ist...«

»Ich weiß! Er soll heraufkommen...«

Wäre er wenigstens noch ein anständiger Mensch gewesen, ein wohlerzogener Mann, der den Problemen Verständnis entgegenzubringen vermochte! Aber nein! Adelin hatte den Fehler begangen, das Geld eines ehemaligen Butter- und Käsehändlers anzunehmen, eines dicken und fetten rotgesichtigen Krämers, der nicht einmal korrekt Französisch sprach, jedoch ständig das Wort »Geld« im Munde führte.

Mühsam stieg er die Treppe empor, und dann sagte er schnaufend:

»Ich komme gerade vom Grabe der armen Madame Rorive, und da wollte ich mich im Vorbeigehen nur mal erkundigen, ob ...«

»Aber nehmen Sie doch bitte Platz ...«

»Das Haus scheint mir heute in heller Aufregung ... Erwarten Sie Besuch? Ich empfange niemanden mehr, seit Madame Rorive verstorben ist. Immerhin kostet es auch eine Menge Geld, Leute zu empfangen!«

Und seine boshaften Äuglein richteten sich auf Adelin, wie um zu sagen: »Ihnen ist es ja egal, Sie verjubeln schließlich *mein* Geld!«

Die Trauerkleidung ließ ihn noch vulgärer erscheinen, das Gesicht wirkte fetter und geröteter, die Hände kürzer.

»Hören Sie, Monsieur Rorive ...«

»Sie wissen doch, was ich Ihnen letzte Woche gesagt habe, nicht wahr? Ich brauche mein Geld! Ihnen als Familienvater habe ich einen Monat Frist gegeben, aber ...«

»Monsieur Rorive, ich habe eine wichtige Neuigkeit für Sie ... Sie müssen mir aber schwören, daß Sie das Geheimnis für sich behalten ... Huguette ist verlobt!«

»Huguette? Welche ist das genau?«

»Die, die bei der Post arbeitet. Der Verlobte muß jeden Augenblick hier sein.«

»Ist er reich?«

Adelin blickte den Fragenden fest an und sagte:

»Boildieu!... Gérard Boildieu... Verstehen Sie jetzt, warum ich Sie gebeten habe, sich ein wenig zu gedulden?... Aber ich flehe Sie an, sagen Sie noch nichts! Sie wissen ja, wie heikel diese Dinge sind.«

Er hatte sich dem Fenster genähert und erstarrte. Auf der menschenleeren Straße hielt soeben ein großer Wagen vor dem Haus.

»Schauen Sie! Da ist er!«

Es klingelte an der Tür. Die Mädchen stürmten durchs Haus wie in einem Pensionat, während ihr Vater sich fragte, was er tun könnte, um Monsieur Rorive loszuwerden, ihm verständlich zu machen, daß er verschwinden sollte, ohne sich zu zeigen.

»Es wird mir eine Freude sein, ihm die Hand zu drücken... Bei mir haben die Boildieus früher immer ihren Käse gekauft...«

Der Salon war etwa vier auf dreieinhalb Meter groß, und die Möbel ließen nur wenig freien Raum. Gérard Boildieu stand Huguette gegenüber, die ihm errötend seinen Hut abnahm.

»Wie nett, daß Sie gekommen sind«, sagte sie. »Mama! Ich stelle dir einen Freund vor – Gérard Boildieu...«

Madame Adelin lächelte, wie sie es immer tat, mit einem vage verträumten Ausdruck, der ihrem Gesicht etwas Mondsüchtiges verlieh. Man hatte ihr anempfohlen, nicht zu reden, und da ihre Töchter sie überwachten, gehorchte sie, verneigte sich, lächelte ergeben und setzte sich wieder in ihren Sessel.

»Meine Schwester Mimi kennen Sie bereits... Roberte kommt gleich ... Sie macht den Tee ... Hier ist Rolande ...«

Rolande ergriff die Hand des jungen Mannes und drückte sie, als wollte sie sie zerquetschen.

»Es fehlen noch 'n paar«, erklärte Huguette. »Clotilde, die in Isigny Lehrerin ist, konnte nicht kommen ... Elisabeth ist oben und macht sich schön ...«

»Und Coco?« erkundigte sich Boildieu.

»Das wissen wir nicht ... Sie ist gleich nach dem Mittagessen verschwunden ... Sie ist bestimmt bald zurück ... Aber setzen Sie sich doch! ... Papi arbeitet ... Er kommt dann später zu uns herunter ...«

Darauf folgte ein langes Schweigen, da man sich nichts zu sagen wußte. Alle hatten Platz genommen, und der Raum schien zum Bersten voll. Auf dem Tisch thronten bereits die Platten mit den Petits fours und dem Gebäck. Auf der Anrichte sah man die Cognac-Karaffe, die nur bei großen Ereignissen hervorgeholt wurde, und die kleinen Becher aus vergoldetem Silber.

Rolande hüstelte absichtlich, und Huguette warf ihr einen vernichtenden Blick zu. Mimi schaute inspiriert zur Decke und fragte dann:

»Welche Marke ist eigentlich Ihr Auto? Sie werden uns doch nachher ein bißchen spazierenfahren?«

»Mit Vergnügen, Mademoiselle Émilienne ...«

»Übrigens«, sagte Huguette, »können Sie ruhig rauchen ...«

»Danke ... Ich rauche nur sehr selten ...«

Ach, wenn doch nur Coco hier wäre! Sie hätte sofort etwas zu sagen gewußt! Irgend etwas, eher etwas

Schlechtes als etwas Gutes, aber wenigstens wäre die Atmosphäre geschaffen.

»Gehen Sie Mittwoch wieder ins Kino?«

»Sie wissen doch, daß ich da nie fehle!«

Was für eine Frage! War er nicht gerade wegen des Kinos hier? Im Kino hatte er eines Mittwochs vor zwei Monaten Huguette erblickt, die wie gewöhnlich in Begleitung der sechzehnjährigen Zwillinge Mimi und Coco gekommen war.

Sie nahmen immer eine Loge, weil sie Freikarten hatten. Am folgenden Mittwoch saß Boildieu in der Loge nebenan, und am Mittwoch danach setzte er sich zu den Mädchen, weil in deren Loge noch ein Platz frei war.

»Schämst du dich nicht, in Anwesenheit Mimis zu flirten?« zischte Coco, die recht giftig sein konnte, sie ein wenig später an. »Das werde ich Papi erzählen ...«

»Tu das nicht! Schwöre mir, daß du es ihm nicht sagen wirst ...«

»Was gibst du mir dafür? Deinen grünen Pullover?«

Im Besitz des grünen Pullovers, der übrigens viel zu groß für sie war, hatte Coco während zwei Monaten schweigend in der Loge geseufzt, wo Huguette und Boildieu jeden Mittwoch stundenlang Händchen hielten. Und nach dem letzten Kinobesuch hatte Huguette sie und Mimi vorgehen lassen, um sich mit Gérard in allen dunklen Ecken zu knutschen.

»Jetzt reicht's mir! Weil du übertreibst, werde ich es Papi sagen ... Da gebe ich dir noch lieber deinen Pulli zurück!«

Und sie hatte es erzählt. Am Abend wurde unter der

Lampe ein Kriegsrat einberufen. Huguette hatte rote Augen. Schließlich gelangte man zu dem Beschluß, Boildieu zu einer Tasse Tee im Hause einzuladen.

Er traute sich nicht, die Beine übereinanderzuschlagen, wußte nicht, wo er hinschauen sollte. Madame Adelin lächelte engelhaft. Huguette sagte, um irgend etwas zu sagen:

»Wo mag Coco stecken...«

»Sie hat das Fahrrad genommen«, sagte Mimi, »und den Spaten...«

»Den Spaten?«

Man hatte einen für den Garten gekauft, der kaum größer als der Salon war.

»Sie hat einen Spaten mitgenommen?«

Da Monsieur Rorive keine Anstalten zum Fortgehen machte, entschloß sich Adelin schweren Herzens, mit ihm hinunterzugehen und ihn vorzustellen.

»Einer unserer Nachbarn...«

»Der ehemalige Käselieferant Ihrer Frau Mama...« beeilte sich Monsieur Rorive zu erklären. »Übrigens war Ihre damalige Köchin eine ganz schöne Giftnudel... Also, wie ich höre, wollen Sie nun den großen Schritt wagen?«

Noch vor fünf Minuten hatte er Stein und Bein geschworen, nichts über die Verlobung zu sagen, nicht die leiseste Anspielung darauf zu machen! Gérard blickte bestürzt auf, doch Adelin rettete die Situation.

»Rolande wird uns etwas vorsingen... Aber ja doch!... Sie werden sehen, daß sie eine hübsche Salonstimme hat...«

Auch er war eidbrüchig, denn er hatte Rolande fest

versprochen, daß man sie nicht zum Singen auffordern würde.

Wütend knallte sie den Klavierdeckel auf, wandte sich Boildieu zu und murmelte:

»Ich nehme an, daß Sie nichts von Musik verstehen und daß es Ihnen nichts ausmacht, wenn ich falsch singe...?«

»Ich bin überzeugt, daß Sie nicht falsch singen.«

»Sie werden es ja sehen!«

Ah! Man befahl ihr zu singen? Peng! Peng! Peng! Sie hämmerte so dröhnende Akkorde, als wollte sie das Klavier zertrümmern.

»Bestehst du immer noch darauf, Papi?«

»Sing!« befahl er mit jenem strengen, von seinen Schülern auf dem Gymnasium so gefürchteten Blick.

Sie sang absichtlich falsch. Monsieur Rorive nahm einen der Petit fours, knabberte daran und nickte mit dem Kopf im falschen Rhythmus. Huguette kämpfte mit den Tränen und verkündete halblaut, um Haltung zu bewahren:

»Ich seh mal nach, ob der Tee fertig ist...«

In der Küche fand sie Roberte, die gerade den Kuchen aus der Form nahm. Sie trug eine Schürze.

»Was hast du denn? Weinst du?«

»Ach! Monsieur Rorive wird noch alles verpatzen!«

Was Roberte zu der tröstlichen Bemerkung veranlaßte:

»Du hast noch viel Zeit, um dich zu verheiraten... Ich in deinem Alter...«

Die arme Roberte! Sie war siebenundzwanzig, hatte sozusagen ihre Schwestern aufgezogen und führte jetzt noch den Haushalt, obwohl sie eine große Liebe im Herzen trug.

»Weine ich vielleicht?«

Nein, sie weinte nicht. Vor drei Jahren bereits war Monsieur Émile, wie man ihn im Haus nannte – Steuereinnehmer von Beruf und fünfunddreißig Jahre alt –, von Caen nach Avignon versetzt worden. Er hatte seiner alten Mutter geschworen, sich zu ihren Lebzeiten nicht zu verheiraten, und in seiner feinen und vornehmen Handschrift schrieb er Roberte allwöchentlich einen Brief, doch ohne sie auch nur zu duzen.

»Papi hat es ihm bestimmt erzählt«, sagte Huguette.

»Wem?«

»Monsieur Rorive... Er wird ihm versprochen haben, das Darlehen zurückzuzahlen, sowie ich Gérard geheiratet habe.«

»Du solltest jetzt lieber wieder in den Salon gehen... Rolande hat zu singen aufgehört...«

In der Tat klappte Rolande den Klavierdeckel zu und erklärte:

»So! Ihr habt es ja gewollt. Wenigstens hat es euch ebensowenig Vergnügen bereitet wie mir... Es ist schließlich nicht meine Schuld, wenn es euch an Gesprächsthemen mangelt...«

Und dabei hatte Guillaume Adelin seine Töchter wirklich nach bestem Vermögen erzogen!

»Würde es Sie interessieren, sich ein Manuskript aus dem 14. Jahrhundert anzusehen?« fragte er Gérard.

Und er führte ihn in sein Arbeitszimmer, zeigte ihm das Manuskript, dann einige Bücher und dann eine noch unvollendete größere Arbeit.

»Ich möchte wetten, daß Sie sich noch nie gefragt haben, woher unser Name stammt...«

»Ich muß gestehen...«

»Denken Sie an Ihre normannische Geschichte zurück... Denn ich nehme an, daß Sie Normanne sind...«

»Meine Familie ist erst seit Napoleon in der Normandie...«

»Dann erinnern Sie sich an Ihre Schulzeit... Wilhelm der Eroberer... Wie hieß sein Sohn?... Guillaume A...«

Er half ihm wie einem Schüler.

»Guillaume Ade... Guillaume Adelin natürlich!... Geboren 1102, gestorben 1120... Bei seinem Tode war er also achtzehn, und folglich hinderte ihn nichts daran, Kinder zu haben... So stammt meine Familie in direkter Linie von...«

Wenn er redete, hatte er die Gewohnheit, ans Fenster zu treten. Jetzt aber verstummte er plötzlich, denn das, was sich seinen Blicken bot, verschlug ihm die Sprache. Ein alter Lieferwagen hielt vor der Haustür, ein junger Mann sprang heraus, in Holzschuhen und völlig verdreckt, die Hosen bis zu den Knien durchnäßt. Er half jemandem beim Aussteigen, und dieser Jemand war niemand anders als Coco, deren Kleidung sich in einem noch unbeschreiblicheren Zustand befand!

Gérard hatte sich nun auch dem Fenster genähert und lachte schallend, während der Vater sich vergeblich bemühte, einigermaßen überzeugend in sein Gelächter einzustimmen.

Es war Anfang November, und man hätte nicht erwartet, ein junges Mädchen in kurzen und überdies pitschnassen Hosen und einem Pullover voller Sandflecke auf der Straße anzutreffen.

»Mein Fahrrad!« hörte man sie zu ihrem Gefährten sagen.

Das Fahrrad wurde zuerst ausgeladen, dann ein riesiger Korb und ein Spaten.

»Wenn ich bedenke, wie ruhig und sittsam ihre Schwestern sind!« klagte Adelin seinem Besucher.

»Wollen wir nicht hinuntergehen und sehen, was sie mitgebracht hat?«

Sie gingen hinunter. Coco schleppte den Korb herein, aus dem das Wasser in den Flur rann.

»Kommt mal alle her!« rief sie, »und guckt, was ich für einen Fischzug getan habe!«

Der Lieferwagen war wieder abgefahren. Der an der Wand lehnende Spaten drohte den falschen Marmor zu zerkratzen. Man drängte sich um den Korb, der mindestens fünfzehn Kilo langer und schmaler Fische enthielt, jener Sandaale, die man bei Ebbe aus dem Sand schaufelt.

»Uff!... Am Strand von Riva Bella waren wir mehrere tausend, und jeder schaufelte nach Leibeskräften!... Ein Glück, daß ich dem Kohlenhändler begegnet bin, der hat mich dann heimgebracht...«

Da erblickte sie Gérard und reichte ihm eine nasse und mit Sand verklebte Hand, die sich so rauh wie Schmirgelpapier anfühlte.

»Was? Sie sind hier?... Das muß ja ein Mordsspaß sein! Ich kann es mir lebhaft vorstellen! Rolande hat bestimmt gesungen, und es gibt einen Butterkuchen, darauf könnte ich wetten. Da kommen Sie nicht drum herum!«

»Coco! Geh dich gefälligst anständig anziehen!«

»Monsieur Rorive ist auch hier? ... Da sind ja alle Freuden vereint! ... Vielen Dank! Wenn ich das gewußt hätte, wäre ich bei den Sandaalen geblieben ...«

»Was wollen Sie damit anfangen?« fragte Monsieur Rorive und beugte sich über die Fische. »Sie werden doch nicht alles essen?«

»Nein, nicht alles ...«

»Wenn Sie gestatten ...«

»Aber natürlich, ich bitte Sie! Nehmen Sie sich, soviel Sie wollen.«

»Heute früh auf dem Markt kosteten sie fünf Francs das Kilo ...«

Man kehrte in den Salon zurück. Huguette, der wieder einmal nichts mehr einfallen wollte, reichte die Teetassen herum. Dann flüsterte sie Gérard ins Ohr:

»Sie müssen mir verzeihen ...«

»Wofür denn?«

»Es geht hier zu wie in einem Irrenhaus. Und Coco benimmt sich unmöglich! ... Zwei Stück Zucker? Drei?«

Da er nicht antwortete, hörte sie nicht auf, ihm Zucker in seine Tasse zu tun, während Guillaume Adelin mit würdevoller Strenge ein Machtwort sprach:

»Colette, ich befehle dir ...«

»Ach! Du nennst mich jetzt Colette? Seit zehn Jahren bitte ich, mich nicht mehr Coco zu nennen, und erst heute ...«

»Colette, du gehst jetzt sofort auf dein Zimmer und ziehst ein Kleid an!«

»Soll ich mir vielleicht auch noch ein Korsett anlegen?« rief sie frech und wich der Ohrfeige aus, die auf sie zukam. »Na schön! Langweilt euch gründlich und pflichtbewußt! Wenn ich bedenke, daß ihr hier alle aufeinander herumhockt und nicht wißt, was ihr sagen sollt, während es in Riva Bella so schön war ... Mimi, hebst du mir ein paar Petits fours auf? Wenn du mir nicht mindestens fünf aufhebst, erzähle ich dir nicht die Folge der *Fliegenden Frau* ...«

Endlich verschwand sie, und Adelin hob mit schiefem Lächeln seine Teetasse.

»Ich frage mich«, bemerkte Monsieur Rorive, »warum die Petits fours heuer so teuer sind. Was ist denn schon dran? Mehl, Zucker, Eier, falls überhaupt welche drin sind, und ...«

Man hatte soeben den Lichtschalter angeknipst, und die mit einem dicken Schirm aus rosa Seide verhüllte Lampe spendete nur ein schwaches Licht.

Adelin richtete gebieterische Zeichen an seine Töchter, spornte sie zu mehr Eifer an und bedeutete ihnen: »Los! Ein bißchen Schwung gefälligst! Zeigt euch von eurer besten Seite! Redet! Sagt etwas Geistreiches!«

Bei der Geburt einer jeden hatte er gedacht, daß diese endlich seinen Wünschen entsprechen und das musterhafte junge Mädchen werden würde, das er sich erträumte. Und jedesmal war es eine Enttäuschung!

Roberte, die älteste (er hatte ihr diesen Vornamen gegeben, weil die Mutter Wilhelms des Eroberers so hieß), war zwar ein sehr artiges Mädchen, aber sie fühlte sich nur in der Küche wohl oder auf den Knien beim Scheuern der Fußböden.

Clotilde, die Lehrerin in Isigny, war bereits fünfundzwanzig Jahre alt und verkündete alle drei Monate in einem gefühlvollen Brief, daß sie endlich heiraten würde. Aber es handelte sich jedesmal um einen anderen jungen Mann, und die Sache platzte immer ein wenig später!

Rolande, die als Apothekergehilfin arbeitete und die schönste war, seufzte bei jeder Gelegenheit:

»Ich frage mich, wie ich bloß in eine Familie wie die unsere geraten konnte!«

Und so weiter! Erst Huguette brachte endlich einen Verlobten an, wie es sich für ein anständiges junges Mädchen gehört, einen Verlobten, der zwar noch nicht ganz ein Verlobter war, der es aber werden würde.

Und nun empfing man ihn auf eine so entmutigende Art!

Was Coco betraf... Hatte sie sich nicht ihre Zwillingsschwester Mimi zur Sklavin gemacht, die ihr prompter gehorchte als ihren Eltern?

Was konnte man nur tun, um die Zeit herumzubringen?

»Spielen Sie Whist?« fragte Adelin ohne Überzeugung.

Denn er hatte auf den ersten Blick gesehen, daß Gérard ein wohlerzogener, schüchterner junger Mann war, der seiner Mutter immer am Rockzipfel gehangen hatte.

»Ich kenne keine Kartenspiele...« entschuldigte er sich.

»Und Domino?«

»Eigentlich auch nicht... Ich muß gestehen...«

»Gérard!« rief eine Stimme vom ersten Stock.

Coco erschien halb angezogen auf der obersten Treppenstufe.

»Wissen Sie, was wir tun werden, Gérard? Der Kohlenhändler, der früher einmal Fischer war, hat mir einen Tip gegeben. Offenbar schmecken die Sandaale am besten, wenn man sie im Freien auf einem Holzfeuer brät und dann gleich ißt...«

Im Nu war sie unten und nahm Gérard bei der Hand, der sich ohne Protest entführen ließ. Huguette folgte ihnen resigniert, und Rolande erklärte:

»So ein Schlappschwanz!«

Ein wenig später sah man sie vom Fenster aus im Garten, auf dessen schwarzer Erde nur noch ein paar Kohlstümpfe herumlagen.

Coco versuchte, die Zweige des einzigen Baums anzuzünden, eines Kirschbaums, der keine Früchte geben wollte. Sie hatte Boildieu ein Küchenmesser in die Hand gedrückt, mit dem er gewissenhaft die Fische säuberte.

Auf dem Tisch stand der kaum angeschnittene Kuchen. Monsieur Rorive nahm sich ein großes Stück.

»Sie werden doch jetzt nicht die Fische essen?« fragte er.

Und Adelin, dem er auf die Nerven ging, antwortete:

»Warum nicht?«

»Na ja, es ist schließlich ihre Sache!... Aber sagen Sie mal, damit ich's weiß, welche ist nun eigentlich die Verlobte?«

»Nun, was sagen Sie dazu?« fragte Coco, die zwei Dutzend Fische auf einen Draht gespießt hatte und sie über das Feuer hielt.

»Zu was?«

»Zur Familie...«

»Zu Ihrer Familie?...«

»Sie brauchen kein Blatt vor den Mund zu nehmen. Ich will bloß Ihre Meinung hören...«

»Colette!« protestierte Huguette. »Laß Gérard in Ruhe.«

»Nun komm schon... Ich werde ihn dir schon nicht wegessen. Nicht wahr, Gérard?... Also im Grunde ist Papa viel netter, wenn niemand da ist... Ich wette, daß er Ihnen bereits von Wilhelm dem Eroberer erzählt hat...«

»Ja...«

»Was Mama betrifft, so sollte man meinen, daß sie aus dem Märchen kommt... Sie ist so glücklich, sieben Töchter zur Welt gebracht zu haben, daß sie nur noch selig lächelt...«

»Halt den Mund!« fuhr Huguette sie an. »Sonst...«

»Sonst was? Rolande ist auch nicht schlecht, wenn man sie in Ruhe läßt. Und sie ist bestimmt die intelligenteste von uns allen – außer mir natürlich! Wer will Sandaale?«

Diese waren so schlecht gesäubert und voller Sand, daß sie unter den Zähnen knirschten. Immerhin aß Coco so viele, wie sie konnte, und Gérard, der auf einer alten Kiste saß, tat es ihr nach.

»Was Monsieur Rorive angeht, so ist er ein Scheusal... Leider besteht keine Möglichkeit, ihn loszuwerden, solange wir das Haus nicht bezahlt haben... Mimi! Mimi!«

Mimi blickte sehnsüchtig durch die Fensterscheibe.

»Komm, Sandaale essen!«

Was blieb Guillaume Adelin jetzt noch zu tun übrig? Monsieur Rorive erklärte ihm mit einem satten Schmatzen:

»Ich gebe Ihnen noch zwei Monate... Das ist doch immerhin nett von mir und beweist, daß ich Geduld habe!... Falls Sie mir aber nach zwei Monaten die sechzigtausend Francs, die Sie mir schulden, nicht zurückgezahlt haben, werde ich mich gezwungen sehen, das Haus verkaufen zu lassen...«

Das Haus erbebte, als ob es diese Worte verstanden hätte!

»Ich bin schließlich nicht blind und habe sehr wohl gesehen, daß der junge Mann weggeschaut hat, als ich von der Verlobung anfing...«

»Ich versichere Ihnen...«

»Eins sag ich Ihnen: Wenn die arme Madame Rorive – Gott hab sie selig! – mir Töchter geschenkt hätte, wären die nicht siebenundzwanzig geworden, ohne einen Mann zu finden...«

Und man hatte nicht einmal das Recht, ihm zu antworten! Man mußte lächeln, ihm ein Gläschen einschenken, auf sein Wohl trinken.

»Monsieur Rorive, ich verspreche Ihnen...«

Huguette trat in den Salon, und ihre Augen waren gerötet.

»Was hast du?« fragte ihr Vater. »Bleibst du nicht bei deinem Verlobten?«

»Ich? Nichts. Es ist nur der Rauch ...« entschuldigte sie sich.

»Und er? Was macht er?«

»Coco hat mit ihm gewettet, daß sie flinker als er auf die Bäume klettern kann, und jetzt klettern sie beide auf den Kirschbaum ...«

Monsieur Rorive warf Adelin einen Blick zu, wie um zu sagen: »Dachte ich's mir doch, daß der junge Mann keine ernsten Absichten hat!«

Dann schaute er auf die Kuchen, die Petits fours, den Tee und die Liköre.

»Da haben Sie mindestens hundert Francs ausgegeben ...« stellte er fest und holte sich seinen Hut. »Na schön! Aber Sie sind gewarnt, Monsieur Adelin ...«

»Rolande! Begleite Monsieur Rorive hinaus ...«

Rolande kam der Aufforderung mit Todesverachtung nach, so wie sie auch gesungen hatte. Kaum war Monsieur Rorive verschwunden, kam Gérard mit Coco herein, die sich ausschüttete vor Lachen.

»Gebt ihm schnell einen Stuhl«, rief sie. »Er hat sich die Hose zerrissen ... Huguette, schenk ihm etwas zu trinken ein ...«

Im rosigen Halbdunkel ließ sie den Blick über ihre Familie schweifen, wurde allmählich ernster und fragte schließlich:

»Aber was habt ihr denn? Man sollte meinen, ihr habt etwas gegessen, was euch nicht bekommt ...«

Dann zu Mimi:

»Wo hast du meine Petits fours hingetan?«

Da nahm Guillaume mit betonter Feierlichkeit die Zigarrenkiste für große Anlässe aus dem Schrank.

2

Etwa vierzehn Tage waren seit dem kleinen Fest bei den Adelins vergangen, und Guillaume Adelin dachte nicht einmal mehr daran, besonders nicht zu dieser Stunde des Tages, als er durch den Hof des Gymnasiums schritt, wo die Schüler noch in Reih und Glied standen.

Er gehörte nicht zu jenen Lehrern, die sich vernachlässigen, es an Haltung mangeln lassen oder die wie zum Beispiel der alte Mathematiklehrer ausgesprochen mitleiderregend wirken. Zuerst einmal war er viel größer und viel kräftiger als die anderen, mit dem rosigen Teint eines wahren Normannen. Er hielt sich sehr gerade, ging mit steifem Genick, die schwarze Aktentasche unter dem linken Arm, und grüßte die ihn kreuzenden Schüler mit einem automatischen Kopfnicken, ohne sie anzusehen.

In seinem Büro hatte er einen Lappen, mit dem er sich die stets makellos sauberen Schuhe putzte, und eine Bürste für seinen Hut. Und im Winter trug er jetzt endlich den pelzgefütterten Mantel mit Otterkragen, den er vierzig Jahre lang begehrt hatte.

Das Wetter war trocken, der Mittag hell und heiter. Die Hacken hallten auf dem Pflaster der stillen Straße, und Adelin schritt forsch voran. Dabei hätte er um ein Haar einen kleinen Mann umgerannt, der offenbar auf ihn gewartet hatte. Stirnrunzelnd erkannte er Monsieur Rorive und war peinlich berührt, ihn in einer besonders grotesken Aufmachung mit steifem Hut, hellgrauen Gamaschen und einem Spazierstock anzutreffen.

»Kommen Sie, Sie werden doch ein Gläschen mit mir trinken«, sagte der zum Rentier avancierte ehemalige Käsehändler. »Doch! Doch! Ich muß unbedingt mit Ihnen reden ...«

Adelin drehte sich um, blickte nach den Schülern aus, die vielleicht schon den Hof verlassen hatten.

»Ich gehe nie ins Café«, erklärte er. »Wenn Sie mit mir zu sprechen wünschen, folgen Sie mir doch bis nach Haus.«

»Aber es wäre mir gerade lieber, wenn wir woanders reden würden... Was ich Ihnen zu sagen habe, ist streng vertraulich.«

»Dann gehen Sie ein Stück mit mir.«

»Unter der Bedingung, daß Sie nicht zu schnell gehen. Sie haben längere Beine als ich ...«

Er war bereits außer Atem, und da er überdies mit seiner Neuigkeit kaum noch an sich halten konnte, hatte er eine solche Eile, daß er nicht wußte, wo er anfangen sollte.

»Also ... Zuerst müssen Sie wissen, daß unser junger Mann ein Zimmer in der Stadt hat, genau gesagt in der Rue de l'Éperon Nummer 7, über einem Lebensmittelgeschäft ...«

»Welcher junge Mann?« fragte Adelin, der die Schritte der Schüler hinter sich hörte und nicht in Begleitung einer so wenig glanzvollen Person wie Monsieur Rorive gesehen zu werden wünschte.

»Was? Welcher junge Mann?« sagte dieser argwöhnisch. »Haben Sie bereits vergessen, daß Sie mir einen Verlobten vorstellten, der Ihnen gestatten soll, mir mein Darlehen...«

»Verzeihung. Ich war in Gedanken woanders. Sie sagten also...?«

Sie folgten dem Quai de l'Orne und schritten durch das Herbstlaub, während die vorbeikommenden Schüler grüßend ihre Mützen abnahmen.

»Ich sagte, daß Gérard Boildieu ein möbliertes Zimmer in der Rue de l'Éperon hat...«

»Haben Sie Ermittlungen über ihn angestellt?«

»Mehr noch! Da ich nichts zu tun habe, bin ich ihm während der letzten Tage gefolgt, und ich könnte Ihnen fast im Detail angeben, wie er seine Zeit verbringt... Haben Sie ihn wiedergesehen?«

»Äh!... Warten Sie mal!... Nein! Ich glaube nicht...«

»Wissen Sie, ob Ihre Töchter ihn wiedergesehen haben?«

»Das entzieht sich meiner Kenntnis, Monsieur Rorive... Und offen gesagt, würde ich es vorziehen, dieses Thema...«

»Gemach! Gemach! Monsieur Adelin! Schließlich habe ich nicht diesen Gérard Boildieu zu mir eingeladen. Sie werden doch nicht leugnen, daß Sie ihn mir als den Verlobten einer Ihrer Töchter vorgestellt haben und daß Sie behaupteten, er würde es Ihnen ermöglichen, mir das Geld zurückzuzahlen, das ich so wahnsinnig war, Ihnen zu leihen... Es ist also nur recht und billig, daß ich mich für diesen jungen Mann interessiere... Und ich habe durchaus das Recht, darüber zu reden!... Wollen wir uns nicht auf diese Bank setzen?«

»Ich habe keine Lust, mich zu setzen...«

»Ich schon, aber das macht nichts... So dachte ich mir also, daß ein junger Mann, der mit seiner Mutter in einem der schönsten Häuser der Stadt lebt, gute Gründe haben muß, wenn er sich ein möbliertes Zimmer in einem eher heruntergekommenen Stadtviertel mietet... Und ich fragte mich, ob es nicht vielleicht schon eine Frau in seinem Leben gibt...«

»Sie haben ihm nachspioniert?« fragte Adelin fassungslos über den Zynismus des kleinen Mannes.

»Mein Gott, ja... Und jetzt möchte ich, daß Sie mir eine Frage klar beantworten... Mit all Ihren Töchtern ist es nicht leicht, sich auszukennen... Als Sie von einer Verlobung sprachen, handelte es sich doch um Huguette, nicht wahr? Das heißt um die Telefonistin bei der Post?...«

»Ja... Warum fragen Sie mich das?«

Monsieur Rorive machte eine pfiffige Miene und spießte mit seinem Stock ein welkes Blatt auf.

»Weil ich wissen wollte, ob da kein Irrtum vorliegt...« sagte er. »Sie könnten die jungen Damen verwechselt haben...«

»Sie behaupten, ich könne meine Töchter nicht auseinanderhalten? Monsieur Rorive, ich bitte Sie, mir genau zu sagen, worauf Sie hinauswollen...«

»Wie es Ihnen beliebt... Also! Am Sonntag begegnete ich diesem Gérard Boildieu bei Ihnen... Am Donnerstag sah ich eine Ihrer Töchter um genau sechs

Uhr abends das Haus Rue de l'Éperon Nummer 7 betreten...«

»Monsieur, ich verbitte mir...«

»Lassen Sie mich ausreden! Es war nicht ihre Tochter Huguette, die Telefonistin bei der Post, sondern die, die als Apothekergehilfin in der Rue Saint-Jean arbeitet...«

»Rolande?«

»Möglicherweise... Sie blieb etwa eine Viertelstunde bei dem jungen Mann, wonach sie gemeinsam das Haus verließen und spazierengingen, wie wir jetzt... Um ganz ehrlich zu sein, muß ich hinzufügen, daß sie sich nicht beim Arm hielten und daß sie sich, soweit ich sehen konnte, nicht küßten...«

»Ich kann also davon ausgehen«, bemerkte Adelin bitter, »daß Sie weiterhin mein Haus ausspionierten?«

»Ohne es zu wollen, Monsieur Adelin!... Dieser Vorfall, das heißt der Besuch jener, die Sie Rolande nennen, ereignete sich am Donnerstag... am Samstagnachmittag um vier Uhr kam eine andere Ihrer Töchter in die Rue de l'Éperon. Die Älteste, wenn ich nicht irre, die, die uns am Sonntag den Tee serviert hat.«

»Roberte?... Wollen Sie etwa behaupten...«

»Daß Roberte, da es sich wohl um Roberte handelt, zu Gérard Boildieu aufs Zimmer gegangen ist, dort etwa eine halbe Stunde blieb und dann allein das Haus verließ...«

»Ich danke Ihnen. Ist das alles? Nun, dann kann ich Ihnen nur gratulieren zu Ihrem neuen Beruf und zu den Ergebnissen Ihrer Bemühungen... Leben Sie wohl, Monsieur!«

Und er entfernte sich sehr würdig, mit weit ausholenden Schritten, aber der andere folgte ihm, rannte ihm nach, um in Hörweite zu bleiben.

»Sie nehmen die Sache völlig falsch, Monsieur Adelin«, keuchte er. »Es ist ebenso in Ihrem Interesse wie in meinem...«

»Leben Sie wohl, Monsieur!«

»Sie machen es sich einfach, wenn Sie den Beleidigten spielen... Immerhin schulden Sie mir Geld, und Sie haben mir selbst gesagt, daß diese Verlobung...«

»Lassen Sie mich endlich in Frieden...«

»Sie müssen zugeben, daß es nicht meine Schuld ist, wenn Ihre sämtlichen Töchter demselben jungen Mann nachlaufen, und wenn...«

»Monsieur, ich...«

Er wußte nicht, was er tun oder sagen sollte, und er sagte oder tat übrigens auch nichts, denn drei Schüler beobachteten ihn. So begnügte er sich damit, den Gehsteig zu wechseln, während Monsieur Rorive ganz allein weiterredete und sich weiter rechtfertigte.

Es war immer das gleiche Lied: Wenn er in aller Ruhe und ohne besondere Sorgen heimkehrte, war es relativ still im Haus und er konnte in Frieden essen, aber wenn er wie jetzt innerlich ganz aufgewühlt war, konnte er sicher sein, alles in heller Aufregung vorzufinden.

Er hatte noch nicht die Tür geöffnet, als er bereits Cocos schrille Stimme hörte, und im Augenblick, da er seinen pelzgefütterten Mantel auszog, vernahm er aus dem Salon das dumpfe Klatschen einer Ohrfeige und dann einen wilden Tumult.

»Was ist los? Was ist los?« rief er mit strenger Stimme und dem gebieterischen Blick des Lehrers der Abschlußklasse.

»Rolande hat mich geohrfeigt«, schrie Coco mit gesträubtem Haar und funkelnden Augen. »Niemand hat das Recht, mich zu ohrfeigen, und besonders nicht eine wie sie.«

»Papa«, begann Rolande, »wenn das so weitergeht und ich dieser Göre nicht Meister werde, gehe ich lieber...«

Unterdessen deckte Roberte gleichgültig den Tisch, während Madame Adelin, wie immer einer Mondsüchtigen ähnelnd, gleichsam schwebend, eher an ein Traumwesen als an einen Menschen aus Fleisch und Blut gemahnend, mit müder Stimme murmelte:

»Mir zerspringt noch der Kopf!«

»Papi, hör zu...« sagte Coco.

»Papi...« unterbrach Rolande sie mit lauterer Stimme.

Mimi wollte sich gerade einmischen, als nun auch Huguette erschien und in den Streit hineinplatzte.

»Ruhe!« brüllte der Vater und schlug mit dem ersten besten Gegenstand auf den Tisch. »Habe ich hier zu befehlen, ja oder nein?«

Und das sagte er auf eine solche Art, daß Coco nicht umhin konnte, laut loszuprusten.

»Rolande, rede du zuerst. Was ist los?«

»Los ist, daß diese dumme Pute...«

»Selber Pute!«

»Daß diese Pute die Rolläden ihres Zimmers und die meinen entfernt hat...«

»Es sind die Rolläden des Hauses und nicht die deinen!« berichtigte Coco.

»Wie bitte? Sie hat die Rolläden abgenommen. Und wozu?«

»Um ein Zelt zu bauen«, gestand Coco plötzlich.

»Ein was?«

»Ein Zelt! Ihr scheint nicht zu wissen, daß es ungesund ist, in einem Zimmer ohne Luft zu schlafen! Schaut einmal eure Gesichter an, ihr alle! Schaut euch Mamas Teint an, die ist nur so blaß, weil sie fast nie an die frische Luft kommt...«

»Weißt du, was sie tun will, Papi?« unterbrach Rolande. »Sie hat vor, von jetzt an im Garten zu schlafen! Schau aus dem Fenster, und dann siehst du ihre Einrichtung...«

»Wenn man mir nicht erlaubt, mein Zelt im Garten aufzustellen, suche ich mir irgendwo eine Wiese«, beschloß Coco.

»Zu Tisch bitte!« rief Roberte. »Das Ragout wird kalt!«

Sie redeten gleichzeitig zu zweit oder zu dritt und warfen einander bitterböse Blicke zu.

»Jedenfalls wird sie sich wohl oder übel bei mir entschuldigen müssen«, fuhr Coco unbeirrt fort, als ob sie allein das Wort hätte. »Jawohl! Sie wird sich bei mir für die Ohrfeige entschuldigen, sonst *sage ich es*...«

»Schweig!« befahl Rolande, die am anderen Ende des Tischs saß.

»Noch habe ich nichts gesagt... Aber wenn du dich nicht bei mir entschuldigst, sag ich's...«

»Was wirst du sagen?« fragte Adelin müde.

»Nichts! ... Es braucht dich nicht zu kümmern ...«

Von all dem Lärm war er so benommen, daß er noch nicht daran gedacht hatte, daß zwischen Cocos Drohung und den Enthüllungen Monsieur Rorives eine Verbindung bestehen könnte. Das fiel ihm erst jetzt ein, und als er seine beiden Töchter nacheinander anblickte, schien es ihm, als ob Rolande errötete und Coco die Nase über den Teller beugte.

»Ich hätte mir aufrichtigere Töchter gewünscht!« seufzte er. »Aufrichtigkeit habe ich immer als die wichtigste Tugend betrachtet, besonders für ein junges Mädchen ...«

Alle am Tisch warfen sich mehr oder weniger amüsierte Blicke zu, denn wenn Adelin einmal zu jammern anfing, hörte er nicht mehr auf.

»Nicht nur habe ich sieben Töchter, obwohl ich mir Söhne wünschte, sondern sie sind dazu auch noch mißtrauisch mir gegenüber, ungezogen, unaufrichtig, machen Anspielungen auf Dinge, von denen ich nichts wissen kann ...«

Coco prustete hinter ihrer Serviette, wobei ihr unwillkürlich ein Schluck Wein hochkam.

»Als ihr geboren wurdet«, fuhr ihr Papi unbeirrt fort, »gelobte ich mir, nicht nur der Vater meiner Töchter zu sein, sondern auch ihr Freund ... Aber ach! Da hab ich mir wohl den falschen Finger verbunden ...«

Jetzt unterbrach ihn seine Frau, die plötzlich aus allen Wolken fiel und vorübergehend in die Wirklichkeit zurückkehrte. Sie säuselte mit einer Engelsstimme:

»Wovon redest du, Guillaume? Was hat Coco schon wieder angestellt?«

Denn wenn jemand etwas angestellt hatte, konnte es natürlich nur Coco sein!

»Und ich werde im Zelt schlafen!« fauchte diese, als wollte sie damit die ganze Welt herausfordern. »Nicht wahr, Papi, ich darf doch im Zelt schlafen?«

Über dieses Problem hatte er noch nicht nachgedacht, und so sagte er weder ja noch nein.

»Wir werden sehen...«

»Wenn du sie machen läßt«, sagte Rolande, »dann heißt es noch, wir leben in einem Irrenhaus... Es reicht schon so!«

Diese vier kleinen Worte sorgten für einen akuten Stimmungsumschwung. Noch vor fünf Minuten hatte man geschrien und sich gezankt. Jetzt wurden alle still und blickten traurig auf ihre Teller. Jeder aß schweigend.

Rolande hatte es nicht absichtlich getan. Sie hatte bloß gesagt:

»Dann heißt es noch, wir leben in einem Irrenhaus...« Und hinzugefügt: »Es reicht schon so!«

Jetzt fragte Madame Adelin:

»Was habe ich denn schon wieder getan?«

»Nichts, Mami... Iß, es hat wirklich nichts mit dir zu tun...«

Alle aßen, ohne von ihren Tellern aufzublicken, und Rolande bereute ihre Anspielung. Übrigens war Madame Adelin nicht im eigentlichen Sinne irre, war es nie gewesen. Man hätte nicht einmal sagen können, wie es gekommen war oder wann genau, nur ungefähr nach ihrer fünften Niederkunft.

Da hatte sie angefangen, sich nicht mehr für den

Haushalt zu interessieren, sich ganz allein Geschichten zu erzählen, fröhliche und optimistische Geschichten, über die sie vom Morgen bis zum Abend lächelte.

»Achtet nicht drauf«, pflegte sie zu sagen, wenn sie dabei ertappt wurde, wie sie ganz allein vor sich hinlachte. »Ich mußte an etwas denken...«

Und wenn die gewissenhafte Roberte sich am Monatsende mit komplizierten Rechenaufgaben abmühte, um das Familienbudget auszugleichen, lachte sie ebenfalls und erklärte:

»Roberte, sei doch nicht so pedantisch! Wenn man dich so hört, hast du nie genug Geld... Als ob das Geld einen Wert hätte...«

Ihr Gesichtsausdruck war der einer Person, die alles weiß, aber nichts sagen kann.

»Wenn du weiter so zählst, wirst du bald Runzeln haben...«

Zum Unglück rechnete sie nämlich nicht, und wenn es ihr gelang, sich aus dem Haus zu stehlen und in die Läden zu laufen, kam sie mit den unwahrscheinlichsten Einkäufen beladen zurück.

»Die Rechnung schicken Sie bitte nach Haus, ja? Der Name ist Adelin... Ja, Adelin...«

Einiges hatte man zurückbringen können, anderes mußte man behalten, trotz des horrenden Preises und obwohl man nichts damit anfangen konnte. Roberte paßte den ganzen Tag auf ihre Mutter auf und versuchte zu verhindern, daß sie allein ausging. Aber leider war Madame Adelin in diesen Dingen wie ein Backfisch und fand Listen und Ausflüchte...

»Gibt es denn keine Nachspeise?« verwunderte sie

sich. »Ich habe dagegen nichts einzuwenden, aber ich muß schon sagen, daß es in diesem Hause nicht oft eine Nachspeise gibt...«

Um das Thema zu wechseln, wandte sich Guillaume Adelin an Coco:

»Erkläre mir jetzt diese Zeltgeschichte... Nein, Rolande! Laß deine Schwester reden...«

Roberte stand auf, um den Kaffee aus der Küche zu holen, während Huguette abräumte und Rolande, die sich nie um den Haushalt kümmerte, Coco zuhörte und ungeduldig auf die Gelegenheit wartete, ihre Meinung zu äußern.

Jetzt war es Abend, und jeder Winkel des Hauses hatte sein Eigenleben, sein Licht und seine Wärme. Im Salon übte Rolande am Klavier eine Nocturne von Chopin, während Roberte in der Küche Erbsen ausschotete.

Coco und Mimi waren irgendwo im Hause, und es war ziemlich beunruhigend, sie nicht zu hören, denn gewöhnlich sorgten sie für den meisten Lärm.

Madame Adelin stickte neben dem Klavier und bewegte jedesmal leicht den Kopf, wenn Rolande eine falsche Taste drückte.

Was Huguette betraf, so schrieb sie in ihrem Zimmer, nicht weit vom Arbeitszimmer ihres Vaters, wo dieser sich vergeblich mit einem Stapel schriftlicher Arbeiten zum Thema des Pontus Euxinus herummühte.

In außergewöhnlichen Lebensumständen pflegte er sich zu fragen: »Was hätte ein Mann wie Wilhelm der Eroberer an meiner Stelle getan?«

Doch in diesem Fall nützte es ihm nichts, denn Wilhelm der Eroberer war natürlich nie mit einem so teuflischen Menschen wie Monsieur Rorive in Berührung gekommen.

Ein ungehobelter Kerl ohne Erziehung, ohne auch nur das geringste Feingefühl. Ein Mann, der sich allein langweilte, der keine Freunde hatte und der sich das den Adelins gewährte Darlehen zunutze machte, um sich ihnen aufzudrängen, zu jeder Stunde des Tages hereinzuschneien, sich hinzusetzen, den Gesprächen zuzuhören, sich in alles einzumischen.

Man konnte noch von Glück reden, wenn er nicht in die Küche ging und in die Töpfe guckte. Eines Tages hatte er bemerkt:

»Ihr eßt ja Camembert zu vier Francs fünfzig!«

Heute vormittag schließlich hatte er sich als ein wahrer Dämon entpuppt, so daß Guillaume Adelin sich fragte, wie er ihm bis zum Schluß hatte zuhören können!

»... Rue de l'Éperon ...« murmelte er unwillkürlich, über den Aufsatz eines Schülers gebeugt. »Zuerst Rolande ... Nein! Das ist doch nicht möglich ...! Ich muß sie zur Rede stellen ... Und Roberte erst ...! Roberte bei einem jungen Mann ... Roberte, die ...«

Plötzlich riß er die Tür auf und rief:

»Colette ...! Colette ...!«

Das konnte nur etwas Wichtiges bedeuten, da er nicht Coco gesagt hatte. Er mußte lange warten. Unten rief Roberte in alle Winde:

»Colette ...! Colette ...!«

Eine gute Viertelstunde später war Guillaume Adelin

sehr überrascht – um die Wahrheit zu sagen, zuckte er sogar ängstlich zusammen –, als er ein Klopfen am Fenster vernahm; nie hätte er sich vorgestellt, daß man ans Fenster seines Arbeitszimmers klopfen könnte, da dieses sich auf der ersten Etage befand.

»Mach auf, Papi... Ich bin's...«

Es war natürlich Coco, die sich vom Nachbarn eine Leiter ausgeliehen hatte, um ihr Zelt aufzubauen, und die jetzt ins Zimmer sprang.

»Hast du gerufen?«

»Setz dich, Colette.«

Er schloß das Fenster und die Tür, gab sich innerlich einen Ruck und sagte mit einer selten dieses Maß erreichenden Feierlichkeit:

»Ich höre!«

»Was hörst du?«

»Ich sage, *ich höre*, und ich hoffe, daß du mich verstehst.«

Hatte sie nicht Rolande gedroht, alles zu verraten? Sie wußte also Bescheid! Und unter so schwerwiegenden Umständen war es ihre Pflicht zu reden!

»Papi, du machst mir aber ein komisches Gesicht...«

»Nenn mich bitte nicht Papi... Gewöhn dir dieses Wort bitte ein für allemal ab...«

»Man nennt mich doch auch Coco!«

»Das ist nicht dasselbe. Außerdem bin ich nie ein Freund dieser lächerlichen Verniedlichungen gewesen... Coco – ich meine Colette –, du bist jetzt ein erwachsenes junges Mädchen und fähig, dich über das, was hier im Hause vorgeht, auf dem laufenden zu halten... Ich habe mich immer bemüht, dir ein Freund zu sein... Beweise mir heute, daß ich mich in dir nicht getäuscht habe...«

»Was soll ich denn tun?«

»Ich werde dir dein Verhalten nicht diktieren... Es ist an dir, zu wissen, was dein Gewissen dir befiehlt...«

»Stört es dich, daß ich im Zelt schlafe?«

»Hier ist weder vom Zelt noch vom Schlafen die Rede... Dies war ein gesegnetes Haus... Aber langsam hab ich das Gefühl, daß eine Bedrohung auf ihm lastet...«

»Ach so, du meinst den Gerichtsvollzieher!« sagte sie.

»Welcher Gerichtsvollzieher?«

»Der, den Monsieur Rorive uns früher oder später schicken wird.«

»Coco... Colette... Denk einmal nach und überleg, ob du mir nicht ein Geständnis schuldest...«

»Ich versichere dir, Papi... Papa...«

Seufzend erhob er sich und schritt zur Tür.

»Das ist alles!« sagte er wie ein Mann, der soeben schwer enttäuscht wurde.

»Was hast du denn, Papi?«

»Ich? Nichts... Laß mich...«

»Man sollte meinen, daß ich dir Kummer gemacht habe.«

»Du hast deinem Vater mangelndes Vertrauen bewiesen.«

»Ich? Aber warum denn?«

»Bei Tisch hast du Rolande gedroht, mir alles zu sagen. Und jetzt, da ich dich frage, drückst du dich und riskierst...«

»Ach, deswegen ist es?« rief sie aus. »Aber mein armer Papi, ich wußte ja nicht einmal, ob es dich interessiert...«

»Also rede!«

»Bestehst du wirklich darauf...? Aber schau, Papi, ich handle mir damit nur Unannehmlichkeiten ein. Rolande wird fuchsteufelswild, wenn sie's erfährt...«

»Siehst du?«

»Na schön, dann werde ich's dir sagen. Aber eins mußt du mir versprechen: Sie darf nicht erfahren, daß ich es war... Und versprich mir auch, daß du sie nicht hindern wirst, es noch einmal zu tun, wenn sie will...«

»Das werden wir sehen...« sagte er und machte große Anstrengungen, seine Würde zu bewahren.

»Nein! Du mußt es versprechen...«

»Sagen wir, ich verspreche es...«

»Also... Am letzten Sonntag ist Rolande nach Le Havre gefahren, um ihren Jungfernflug zu machen...«

»Ihren was?«

»Ihren ersten Flug... mit dem Flugzeug... Es kostet nur fünfzig Francs... Wenn ich mir einmal fünfzig Francs zusammengespart habe...«

»Danke! Sag deiner Schwester, sie soll heraufkommen...«

»Rolande? Willst du mit ihr darüber reden?«

»Nein! Beruhige dich...«

»Warum soll sie dann heraufkommen?«

»Mach dir keine Sorgen... Geh...! Nein! Tu mir den Gefallen und benutz die Treppe wie alle anderen...«

Ein Jungfernflug! Wie viele Geheimnisse dieser Art

würde er noch erfahren, wenn er all seine Töchter nacheinander zur Rede stellte? Wie viele Dinge, von denen er nichts wußte, gingen in seinem Haus vor?

»Komm herein!« befahl er Rolande mit strenger Stimme. »Setz dich...! Doch...! Ich bestehe darauf, daß du dich setzt...«

»Hat sie gepetzt? Das wird sie mir büßen... Übrigens könnte ich auch einiges von ihr erzählen...«

»Wovon redest du, Rolande?«

»Von dieser Giftnudel Coco... Aha! Mademoiselle beliebt zu petzen... Das wird Sie teurer zu stehen kommen als mich... Erinnerst du dich an den Abend, als sie erst um elf Uhr nach Hause kam und erzählte, sie sei bei einer Freundin gewesen...! Nun, ich werde dir sagen, wo sie war... Sie war bei einem Boxkampf...«

Und Rolande fügte verächtlich hinzu:

»Und das ist *deine* Tochter!«

Als ob die anderen nicht die Töchter ihres Vaters wären!

»Rolande!«

»Was, Papi?«

»Etwas anderes hast du mir nicht anzuvertrauen?«

»Über Coco?«

»Nein, über dich zum Beispiel...«

»Was habe ich denn schon wieder getan?«

»Rolande, ich bin sehr betrübt! Ich will doch nur euer Bestes, das könnt ihr mir glauben. Und da wünschte ich mir, daß ihr nicht andauernd Dinge vor mir verheimlicht...«

Diesmal war er überzeugt, ins Schwarze getroffen

zu haben, denn eine leichte Röte stieg in Rolandes Wangen auf.

»Schau mich an... Schau mir in die Augen! Du weißt, wie es um uns steht... Du weißt, daß wir auf Gedeih und Verderb Monsieur Rorive ausgeliefert sind. Und auch, daß deine Schwester Huguette im Begriff steht, eine gute Partie zu machen...«

»Ich weiß...«

»Ist das alles, was du dazu zu sagen hast?«

Er litt Qualen, und es demütigte ihn, derartige Listen anwenden zu müssen, all den Verdächtigungen nachzuspüren, die ihm durch den Kopf gingen.

Rolande war dreiundzwanzig Jahre alt, hatte mit siebzehn ihr Bakkalaureatsexamen gemacht und war insgesamt die stolzeste seiner Töchter. Gern verkündete sie:

»Die Männer in Caen interessieren mich nicht! Ich heirate nur, wenn ich einen Gefährten finde, der die Mühe lohnt, und da ich einen solchen bestimmt nie finden werde...«

Ihr Vater, auch er mit feuerroten Wangen, strich verlegen um sie herum, während der leckere Duft einer Lauchsuppe vom Treppenhaus zu ihnen heraufdrang.

»Heraus mit der Sprache, meine liebe kleine Rolande...«

Sie zögerte, fragte sich, was er wußte.

»Worüber denn?«

»Über... Gérard Boildieu...«

»Und was soll ich dir über ihn sagen?«

Plötzlich sprang sie auf und schlug sich an die Stirn.

»Ach! Jetzt verstehe ich!« rief sie und bemühte sich,

zu lachen. »Weil ich zu ihm gegangen bin? Ist es das...?«

Er senkte den Kopf, war nicht ganz sicher, ob er mehr hören wollte.

»Aber mein armer Papi, was denkst du dir eigentlich... Zuerst einmal ist Gérard Boildieu ein Studienkamerad, und das allein ist doch Grund genug, daß ich ihm guten Tag sagen ging...«

»In seinem Zimmer?« druckste er hervor und blickte zu Boden.

»Warum nicht? Da ist doch nichts dabei! Es passiert oft, daß ein Student und eine Studentin im gleichen Zimmer sitzen, um zu arbeiten...«

Und er, kläglich:

»War es, um zu arbeiten?«

Er benahm sich fast wie ein eifersüchtiger Ehemann, so viel bitterer Argwohn hatte sich in ihm angesammelt.

»Nein! Da du unbedingt die Wahrheit wissen willst, werde ich es dir erklären... Ich bin Huguettes große Schwester... Mit ihren zweiundzwanzig Jahren ist sie kaum intelligenter als Coco, und da ich die einzige bin, die sich um sie kümmert...«

»Und ich?«

»Ach, Papi, du weißt sehr wohl, daß du nicht zählst! Du bist sehr intelligent, und du bist sogar ein bedeutender Historiker, aber vom Leben verstehst du nichts. Das sieht man allein schon daran, daß du immer Dummheiten machst, wenn du dich einer Sache annimmst...«

»Rolande, ich verbitte mir...«

»Ja, Papi... Du wirst mir noch von Respekt reden... Einverstanden! Ich respektiere dich! Immerhin wollte ich wissen, wie es mit diesem Gérard steht, und so bin ich zu ihm gegangen und hab ihn gefragt...«

»Wonach denn?«

»Nach seinen Absichten!« sagte sie, als handele es sich um das Natürlichste von der Welt.

»Du bist zu ihm gegangen, um ihm diese Frage zu stellen?«

»Na und?«

»Hat er dir geantwortet?«

»Das hätte gerade noch gefehlt, daß er sich weigerte, mir zu antworten!«

»Und?«

»Nichts.«

Er wurde immer nervöser. Denn jetzt ging es um Monsieur Rorive, um das Haus... Alles stand auf dem Spiel!

»Wieso nichts? Willst du mir nicht sagen, was er dir geantwortet hat?«

»Das ist ausgeschlossen, da wir eine *vertrauliche* Unterredung hatten.«

»So *vertraulich*, daß selbst ich, dein Vater, nicht eingeweiht werden kann?«

»Besonders du nicht, Papi...«

»Wird er sie heiraten?«

»Laß ihm Zeit, sich umzuschauen...«

»Das heißt, er wird sie nicht heiraten?«

»Aber nein, Papi! Du ziehst voreilige Schlüsse...«

»Dann sag mir wenigstens, ob er sich, ja oder nein, als ihr Verlobter betrachtet!«

»Er ist verlobt, ohne es zu sein ... Jetzt paß mal auf, Papi ...«

»Ich will nicht mehr Papi genannt werden!«

»Also Papa, paß auf! Gérard ist ein lieber Junge, aber ein bißchen schlaff und leicht beeinflußbar. Er fürchtet nur eine Person auf der Welt: seine Mutter. Oder besser gesagt, er fürchtet, ihr Kummer zu machen ...«

»Das ist doch ganz natürlich!«

»Wenn du so willst ... Gérard amüsiert sich gut bei uns ... Er hat mir nicht verborgen, daß er dich sehr schätzt ...«

»In diesem Fall ...«

»Er ist kein Mann, den man drängen darf ... Ich bin überzeugt, daß es eines Tages mit einer Hochzeit enden wird, aber dann muß dein Monsieur Rorive aufhören, ihm Dinge zu sagen wie die, die er ihm das letztemal gesagt hat ...«

»Ist es etwa meine Schuld ...?«

»Es ist auch nicht Gérards Schuld ... Von jetzt an werde ich am Mittwoch mit meinen Schwestern ins Kino gehen ... Ich glaube, daß es so schicklicher ist. Und ich glaube auch, daß er uns an einem der nächsten Sonntagnachmittage auf den Landsitz der Boildieus einladen wird.«

Guillaume Adelin hatte sich wieder vor die Schulhefte gesetzt und spielte mit dem roten Tintenstift, mit dem er immer die Fehler korrigierte.

»Verzeih«, murmelte er.

Dann kam ihm plötzlich eine Idee, und er schrie:

»Aber deine Schwester?«

»Welche Schwester?«

»Roberte ... Was hat sie bei ihm gewollt? War eine nicht genug?«

»Bist du sicher, daß Roberte bei ihm war?«

Jetzt wurde Rolande argwöhnisch.

»Roberte ... Roberte ... Das ist doch nicht zu fassen!«

Sie stürzte zur Tür, rannte die Treppe hinunter, trat in die Küche und schloß sich dort mit ihrer ältesten Schwester ein.

3

Wohl noch nie war das Haus so ruhig gewesen. Allerdings war es die Stunde, da es, wie in sich selbst zurückgezogen, in eine Art Halbschlaf verfiel. Von draußen sah man zwei erleuchtete Fenster, eins im ersten Stock, das andere im Erdgeschoß. Vom Garten aus konnte man noch ein drittes sehen, das Küchenfenster. Das war alles.

Bei der Kälte draußen machten die Zimmer einen um so tröstlicheren und behaglicheren Eindruck, und das Bullern des Ofens unterstrich noch dieses Gefühl von Geborgenheit.

Und doch hatte soeben ein Drama das Haus heimgesucht. Es war auf ganz einfache Weise geschehen, wie ein alltäglicher Besuch.

Wie gewöhnlich war Guillaume Adelin kurz nach vier Uhr heimgekommen und hatte sich in seinem Arbeitszimmer eingeschlossen.

Mami hielt sich an diesem Tage in der Küche auf, wo sie Roberte beim Bügeln half, und man hörte von Zeit zu Zeit den dumpfen Aufprall des Eisens auf dem Flanelltuch.

Auch Mimi und Coco waren nach ihren Sprach- und Wirtschaftskursen auf der Handelsschule heimgekehrt, hatten zuerst die Küche gestürmt, im Büfett und der Speisekammer gekramt, und jetzt saßen sie ganz brav vor ihren Büchern und Heften unter der Lampe des Salons.

Als Coco die Sache später erzählte, wollte ihr niemand glauben, und doch war es die Wahrheit: irgendwann und ganz ohne Grund, während sie über ihrer deutschen Grammatik saß und büffelte, hatte sie plötzlich aufgeblickt und zu ihrer Schwester gesagt: »Monsieur Rorive hat sich aber lange nicht blicken lassen ...«

Doch kaum hatte sie diese Worte gesprochen, als die Klingel im Flur erschallte. Die stets auf überraschende Besuche erpichte Mimi war flugs zur Tür gelaufen.

Der Besucher war Monsieur Rorive! Den steifen Hut und den Regenschirm in der Hand, trat er in den Salon, und Mimi sagte:

»Sie können zu ihm ins Arbeitszimmer hinaufgehen ...«

Was gab es an diesem Tage so besonderes? Coco hätte es nicht sagen können, aber als er einmal oben mit ihrem Vater eingeschlossen war, dachte sie nicht mehr daran, ihre Arbeit wieder aufzunehmen.

»Sag mal, Mimi ...«

»Was?«

»Das gibt Ärger, ich spür's ...«

Roberte kam aus der Küche und fragte:

»Wer ist es?«

»Monsieur Rorive. Er ist bei Papi ...«

Und auch Roberte warf einen beunruhigten Blick zum oberen Treppenflur. Kaum drei Minuten später vernahm man Guillaume Adelins Stimme, was das Zeichen für einen Wutausbruch war, denn gewöhnlich hörte man ihn nicht bis unten im Salon. Was genau gesagt wurde, verstanden die jungen Mädchen nicht, sie erhaschten nur einige Wortfetzen, doch sie blieben reglos und hielten den Atem an.

»...lasse ich mir nicht bieten... meine Familie ist keine...«

Dann eine hellere Stimme, wie die eines Diakons, und das war Monsieur Rorive, der irgend etwas lang und breit erklärte, und dann wieder Papis Donnerstimme. Er brüllte:

»Nein, Monsieur!«

Das genügte, um unten den Sturm zu verspüren. Allein auch schon deshalb, weil Adelin seit einigen Tagen sichtlich sehr nervös und in Sorge gewesen war, allenthalben die abwegigsten Fragen stellte und plötzlich alle reihum mit argwöhnischen Blicken musterte.

Lag es an der Geschichte mit Roberte? Sämtliche Töchter waren jetzt im Bilde und hatten sich darauf geeinigt, ihren Vater damit zu verschonen; nicht etwa, weil es schlimm war, sondern weil gerade derlei Geschichten ihn in rasende Wut versetzten.

Roberte schlug ein wenig Mami nach, und sie hatte manchmal denselben verschwommenen Blick. Zudem lasteten ja wirklich all die kleinen Sorgen des Haushalts auf ihr, die Rechnungen, die Mahnungen der Lieferanten, die Zahlungstermine für Gas, Wasser, Strom; sie war es auch, die jeden Vormittag, wenn sie vom Markt zurückkam, komplizierte Berechnungen anstellte, während die anderen sich nur zu Tisch zu setzen brauchten.

Und schließlich war es Roberte, die es meist auf sich nahm, die Unbesonnenheiten der Mutter vor den anderen zu verbergen. Sie ging in die Geschäfte, um die zu extravaganten Einkäufe zurückzugeben oder nötigenfalls um Zahlungsaufschub zu bitten.

Kurz, Roberte sah sich an einem ihrer schwierigsten Monatsende, und eines schönen Morgens hatte man ihnen den Strom abgestellt. Nicht einmal ein Tag Frist wurde ihr gewährt, und da sie sich nicht mehr zu helfen wußte, war sie zu Gérard gelaufen, in der Hoffnung, daß ein so reicher junger Mann ihr dreihundert Francs leihen würde.

Das war alles! Huguette hatte sich sehr geärgert und behauptet, dadurch sei ihre Heirat gefährdet. Rolande hatte erklärt, Roberte habe es an Würde mangeln lassen, aber zum Schluß waren alle einverstanden, es Papi nicht zu sagen.

Monsieur Rorive hatte sich nicht blicken lassen. Man war mit Rolande und Gérard ins Kino gegangen. Was hatte sich sonst noch Wichtiges in dieser Woche ereignet? Nichts!

Und jetzt schwoll dort oben Papis Stimme an, erreichte eine Lauststärke wie noch nie zuvor. Seine Schritte hallten, die Tür wurde krachend aufgerissen, und es klang ganz danach, als ob es demnächst zu Handgreiflichkeiten kommen würde.

»... das ist mir egal, Monsieur, verstanden ...? Ich habe genug ...! Jawohl, genug, sage ich Ihnen, Sie ständig um meine Familie herumstreichen zu sehen, Sie gräßlicher kleiner Mann Sie ...! Hinaus mit Ihnen ...! Meine Töchter sind niemandem Rechenschaft schuldig, verstanden? Und sie sind es nicht gewöhnt, daß ihnen ein Käsehändler sagt, wie sie sich zu benehmen haben.«

Monsieur Rorive wich rückwärts die Treppe hinunter, während Guillaume Adelin ihm wie ein drohendes Unwetter folgte.

»... Sie schicken den Gerichtsvollzieher, wann es Ihnen beliebt... Lieber schlafe ich mit meiner ganzen Familie unter freiem Himmel, als ständig von einem Kerl wie Ihnen belästigt zu werden... Hinaus mit Ihnen...! Da! Ihr Regenschirm.«

Cocos Augen funkelten vor Freude und Stolz. Kaum war die Tür ins Schloß gefallen, sprang sie auf ihren Vater zu, fiel ihm um den Hals, so wie sie es als kleines Kind getan hatte, und rief:

»Bravo, Papi... Wenn du wüßtest, wie ich mich freue...!«

Nun ja, auch Adelins erste Reaktion drückte Erleichterung aus. Er lächelte recht stolz und sagte lässig, nach einem prüfenden Blick auf seine Töchter:

»Den hätte ich noch in Stücke gerissen!«

»Was wollte er von dir?«

Dieser kleine Satz genügte, um seine Miene zu verfinstern, denn er erinnerte sich an das, was Monsieur Rorive ihm gesagt hatte; diesmal wandte er den Blick ab und murmelte mit einer Stimme, der man es anmerkte, daß er log:

»Natürlich wollte er wieder über sein Geld reden... Er will mir keinen Aufschub mehr gewähren...«

»Fein!« rief Coco. »Dann ziehen wir um.«

Bei diesen Worten brach Roberte in Tränen aus und verbarg das Gesicht hinter einem Zipfel ihrer Schürze. Denn sie als die Älteste wußte, was es bedeutete, umziehen zu müssen, in einer Wohnung zu leben, Ärger mit dem Hauswirt oder mit anderen Mietern zu haben, aufs neue umzuziehen und all das ärmliche Mobiliar mitzuschleppen! Vor allem wußte sie, daß dieses Haus, in dem sie wohnten, das Ergebnis von fünfzehn Jahren harter Anstrengungen, all ihrer Ersparnisse und Träume war:

»Wenn wir erst einmal das Haus haben...«

Und von Abend zu Abend, unter der Lampe, hatte einst dieses Haus immer lebendigere Züge angenommen; man fügte ihm hier ein Detail hinzu, da ein Fenster, ein Zimmer, einen Balkon, eine neue Vervollkommnung...

Seit vier Jahren hatte man es endlich, und es war der Mittelpunkt der Familiensorgen geblieben:

»Wenn das Haus erst einmal bezahlt ist...«

Aber ja, wenn es bezahlt wäre, könnte man sich mehr Kleider kaufen und vielleicht eine Reise machen, von der alle träumten, eine Reise in den Süden?

Wenn das Haus voll und ganz bezahlt wäre...

Und jetzt?

»Papi!« rief Coco plötzlich beunruhigt. »Was hast du denn?«

»Ich? Nichts! Ich gehe arbeiten.«

Aber sie war sicher, einen feuchten Schimmer in den Augen ihres Vaters gesehen zu haben.

»Dein Vater hat gut daran getan, ihn rauszuwerfen«, begnügte sich Mami zu sagen, während sie im Bügeln fortfuhr. »Übrigens bin ich mit dem Lauf der Dinge ganz zufrieden, denn ich habe dieses Stadtviertel nie gemocht.«

Doch Papi, der sich wieder in seinem Arbeitszimmer eingeschlossen hatte, ging leider nicht solchen optimistischen Gedanken nach. Was ihm das Herz bedrückte, war sowohl die Empörung über den unausstehlichen kleinen Mann als auch eine vage Angst, eine böse Vorahnung, die ihn veranlaßte, ständig auf den vor ihm stehenden Wecker zu schauen.

Normalerweise mußte jetzt die achtzehnjährige Elisabeth als erste heimkehren. Sie arbeitete als Verkäuferin in einem Warenhaus, und man hörte sie kaum, denn sie hatte einen Schlüssel, und außerhalb der Mahlzeiten hielt sie sich meist in ihrem Zimmer auf, wo sie auf ihrem Bett Romane las und Zigaretten rauchte, so daß sie am Familienleben nicht eigentlich teilnahm.

Nach ihr würde Huguette kommen, sich ausziehen und in ihren Morgenrock schlüpfen, um Roberte im Haushalt zu helfen, so daß diese, wenn ihr dazu Zeit blieb, an einem Pullover weiterstricken konnte.

Um sieben Uhr schließlich sollte Rolande da sein... Und es war Rolande, die Papi erwartete, während der Zeiger auf dem Emailzifferblatt mit entnervender Langsamkeit vorrückte... Ihretwegen war Monsieur Rorive gekommen... Zuerst hatte er in komplizierten Sätzen um den Brei herum geredet:

»Ich glaube, nicht wahr, daß ich nach allem, was ich für Sie getan habe... und ich gebe Ihnen zu bedenken, daß ich für meinen eigenen Bruder nicht mehr getan hätte... so glaube ich also, ein wenig das Recht habe, mich als zur Familie gehörig zu betrachten. Aus diesem Grunde freute ich mich sehr, als Sie mir die Verlobung Ihrer Tochter ankündigten...«

Er nahm sich Zeit, der gräßliche Kerl, aber er kam zur Sache!

»Und es ist schließlich auch aus diesem Grunde, daß ich heute zu Ihnen komme, um Sie zu fragen: Sind Sie wirklich sicher, sich bezüglich des jungen Mädchens nicht geirrt zu haben?«

Guillaume Adelin war aufgesprungen. Schon seit einer Weile juckte es ihm in der Nase, was ein böses Zeichen war.

»Glauben Sie nicht, daß die Verlobte eher Rolande ist...? Bereits zweimal habe ich sie zusammen getroffen, und nicht später als heute nach dem Mittagessen sah ich sie beide im Auto...«

Guillaume Adelin vermochte nur noch daran zu denken, und plötzlich öffnete er die Tür und rief hinaus:

»Coco! Mimi! Ist Rolande noch nicht zurück?«

»Aber nein, Papi. Es ist doch noch nicht sieben Uhr...«

»Dann soll eine von euch zur Apotheke gehen und ihr sagen... Oder lieber nein! Ich gehe selbst.«

Er nahm seinen Hut, schlüpfte in seinen Pelzmantel und war unterwegs so aufgeregt, daß er Selbstgespräche führte. In der Rue Saint-Jean mit ihren hell erleuchteten Schaufenstern verlangsamte er seinen Schritt, schämte sich seines Vorhabens und wäre beinahe fünfzig Meter vor der Apotheke wieder umgekehrt. Von weitem erblickte er die grüne und die gelbe Glaskugel, die schwarze Fassade, die schmale Tür... Als er näher kam, suchte er Rolande vergeblich im Laden, sah nur eine alte Frau und den spitzbärtigen Apotheker. Aber konnte sie nicht hinten im Labor beschäftigt sein?

Er wartete. Andere Männer warteten auf die Verkäuferinnen eines Geschäfts nebenan. Kurz, er wartete bis um sieben Uhr, bis die Läden geschlossen wurden, und erst dann ging er wieder.

»Papi, was hast du denn?«

»Nichts... Essen wir...«

Ein Stuhl blieb leer, Rolandes Stuhl, und Guillaume Adelin brachte keinen Löffel Suppe hinunter.

»Wo warst du? Hast du Rolande gesehen?«

»Ja... ich...«

Er zog es vor, sich wieder in seinem Zimmer einzuschließen und zu warten, wobei er ständig an den gräßlichen Monsieur Rorive dachte, den er schließlich für alles verantwortlich machte.

»Was ist da los?« fragte Coco und aß mit gutem Appetit. »Es handelt sich bestimmt um Rolande. Diese Woche hat sie gleich zwei Lippenstifte gekauft, von denen ihr keiner stand, und am Mittwoch hatte sie plötzlich eine andere Frisur.«

Huguette war vielleicht die einzige, die etwas ahnte, denn als sie das letztemal im Kino waren, war Gérard anders gewesen als sonst. Während sie in der engen Loge zur Rechten und Rolande zur Linken des jungen Mannes saß, dünkte sie, als ob Gérard sich mehr zur Linken als zur Rechten neigte, und in einem gewissen Augenblick hatte er verdächtig absichtlich die Hand ihrer Schwester gestreift.

»Machst du meinen Pullover fertig?«

»Nicht heute abend... Mir fehlt einfach die Kraft dazu...«

Die Minuten verstrichen unglaublich langsam. Von Zeit zu Zeit horchten sie auf und fragten sich, was Papi wohl da oben machte.

»Geschieht ihm ganz recht«, hatte Mami gleichmütig erklärt. »Warum läßt er seinen Töchtern so viele Freiheiten! Wenn ich zu meiner Zeit auch nur eine Stunde zu spät nach Hause gekommen wäre, dann hätte es ...«

»Zu deiner Zeit gab es weder Autobusse noch Flugzeuge!« fiel Coco ihr ins Wort.

»Aber man verliebte sich genauso wie heute«, erwiderte die Mutter, der es nicht immer an gesundem Menschenverstand fehlte.

Zum Schluß zuckten sie jedesmal zusammen, wenn Schritte auf der Straße erklangen. Dann redeten sie leise über das Haus und fragten sich, wie Monsieur Rorive es anstellen würde, wieder zu seinem Geld zu gelangen. Huguette erklärte, daß er einen Gerichtsvollzieher mit einem Zahlungsbefehl vorbeischicken würde, und dann ...

Die Tür im Obergeschoß ging auf. Guillaume Adelin blieb eine gute Weile auf der Schwelle stehen und blickte so ernsthaft drein, daß es allen das Herz bedrückte. Er hielt sich nicht lange im Salon auf, küßte Mami im Vorübergehen auf die Stirn, blickte seine Töchter der Reihe nach an.

»Wo gehst du hin?«

»Ich bin gleich wieder da.«

Das Stadtviertel war still und leer. Er überquerte nur eine hellere Straße, gelangte in die Rue de l'Éperon, blickte empor und sah kein einziges Licht in den Etagenfenstern, was ihm etwas Hoffnung gab.

Der Krämerladen war noch offen, und er trat ein. Es war ein ganz kleiner Laden, in dem es nach Seife und Petroleum roch.

»Ist Monsieur Boildieu nicht zu Hause?« fragte er so beschämt, daß er die Ladenbesitzerin nicht anzuschauen wagte.

»Ich weiß nicht, ob er heute gekommen ist... Gehen Sie nachsehen... Erster Stock, die Tür links... Aber passen Sie auf, es ist dunkel auf der Treppe.«

Da er sich nicht traute, trat die Frau in den Flur und rief mit schriller Stimme:

»Monsieur Gérard...! Monsieur Gérard...! Da ist jemand für Sie!«

Fast sogleich kam sie zurück und erklärte:

»Dachte ich mir's doch! Er ist nicht da... Übrigens trifft man ihn selten um diese Zeit an, denn er übernachtet hier nie... Wollen Sie ihm nicht eine Nachricht überlassen?«

Als er den Salon betrat, las er in Huguettes angstvoller Miene, daß sie etwas argwöhnte. Natürlich sah er sofort, daß Rolande nicht zurück war, und er sagte:

»Kinder, geht schlafen... Es ist Zeit...«

»Und Rolande?«

»Rolande muß jeden Augenblick kommen... Ich werde auf sie warten...«

Mimi und Colette schliefen im selben Zimmer; aber im Winter schliefen sie zusammen in einem Bett, um sich gegenseitig warm zu halten, bis sie im Frühling wieder im Zelt übernachten konnten. An diesem Abend flüsterte Coco im Dunkeln:

»Findest du nicht, daß Papa furchtbar lieb war?«

»Wo steckt Rolande bloß?«

»Das, mein Kind, ist eine andere Geschichte...«

»Weißt du denn etwas, Coco?«

»Vielleicht schon...«

»Dann sag schon!«

»Nie im Leben! Du bist noch zu klein...«

»Ich bin genauso alt wie du...«

»Aber trotzdem noch viel zu klein...«

»Wir sind genau gleich groß...«

»Aber du bist kleiner...! Und du gehst mir auf die Nerven... Laß mich schlafen...«

»Ach, sag's mir doch!«

Aber Coco hüllte sich beharrlich in Schweigen, was sie nicht hinderte, noch eine ganze Stunde wach zu liegen. Schließlich schlief sie ein, ohne ihren Vater zu Bett gehen gehört zu haben.

Gewöhnlich war es die fröhlichste Stunde des Tages, wenn die Türen knallten, die Hähne liefen und der verlockende Duft des Kaffees durch das Haus zog und Marmelade und frisches Brot auf der Tischdecke zum Frühstück einluden...

Aber an diesem Morgen war es trostlos wie in einem Haus ohne Herdfeuer, und Papi, der sonst immer darauf bestand, seine Töchter zu wecken, erschien erst, als er schon ausgehfertig war. Seine Lider waren ein wenig gerötet, und er hatte sich beim Rasieren geschnitten. Er aß nichts, trank seinen Kaffee im Stehen und eilte davon, mußte aber auf halbem Wege wieder umkehren, weil er seine Aktentasche vergessen hatte.

»Kinder, da bleibt einem die Spucke weg!« seufzte Coco, als ob diese Worte genügten, um die Lage zusammenzufassen.

Huguette war außer sich vor Wut und brummte zähneknirschend:

»Ich habe es kommen sehen. Wenn ich bedenke, wie naiv ich gewesen bin...«

Roberte schüttelte sanft den Kopf, und Mimi ließ sich kein Wort entgehen, denn sie war die einzige, die nichts begriffen hatte.

Im Grunde war nur folgendes geschehen: Eine der sieben Töchter hatte sich davongemacht! Es hatte Zeit gebraucht, denn die Älteste war bereits siebenundzwanzig, aber es war nun einmal passiert, und das Erstaunliche schien eigentlich nur die Tatsache, daß die Schuldige als die seriöseste von allen galt.

»Erinnerst du dich an den Stadtbibliothekar?« fragte plötzlich Coco, der als einziger die Geschichte nicht den Appetit verdarb.

»Monsieur Dupetit-Lapierre?«

Man konnte nicht ohne ein Lächeln von ihm sprechen, denn er war ein komischer Kauz, der von Zeit zu Zeit auf eine Stunde ins Haus kam und der allen Mädchen nacheinander den Hof gemacht hatte.

Das tat er übrigens auf eine recht harmlose Art. Er mußte um die vierzig Jahre alt sein, und seine Werbung beschränkte sich auf die simple Feststellung:

»Ich bin vielleicht nicht gerade ein Don Juan, aber ich könnte eine Frau wohl glücklich machen... Falls es Ihnen eines Tages zusagen sollte – ein Wink genügt...«

Und er wartete! Bisher hatte ihm noch keine diesen Wink gegeben.

Jetzt aber erzählte Coco:

»Eines Tages habe ich gehört, wie Rolande ihm allen Ernstes antwortete:

›Wenn ich mit fünfunddreißig noch nicht verheiratet bin, nehme ich Sie zum Mann...‹«

Und nun? Wo war sie um diese Stunde? Auf dem Hof des Gymnasiums versammelte Monsieur Adelin die Schüler der sechsten Klasse. Auch Huguette ging zur Arbeit und nahm sich fest vor, Gérard anzurufen.

Eigentlich hatte er es ihr verboten, wegen seiner Mutter, aber in einem Dringlichkeitsfall wie diesem gab es kein Zögern.

»Ich habe keine Lust, zum Kurs zu gehen...« erklärte Coco.

»Warum nicht?« fragte Mimi.

»Darum!«

Weil heute kein gewöhnlicher Tag war! Coco fand es geradezu unanständig, daß alle zur Arbeit gingen, ehe Rolande nicht wieder daheim war und man zur Tagesordnung zurückkehren konnte.

»Hallo...! Ich möchte bitte mit Monsieur Gérard sprechen...«

Huguette saß in ihrer Telefonzentrale und sprach leise, damit ihre Kolleginnen nichts merkten.

»Wie bitte...? Er ist nicht da...? Ist er schon fortgegangen...? Ach so, er ist gar nicht nach Hause gekommen... Ich danke Ihnen...«

Und ohne die Kopfhörer abzunehmen, brach sie plötzlich in Tränen aus, heulte den ganzen Vormittag, während sie die Verbindungen durchgab und ihre arme Nase buchstäblich von Minute zu Minute röter wurde.

»Also ich schwänze heute! Damit ihr's wißt!« hatte Coco erklärt.

Und sie schlurfte in Pantoffeln im Hause herum, machte sich grundlos an allen möglichen Gegenständen zu schaffen, bis Roberte sie anfuhr:

»Also bitte! Gib endlich Ruhe! Du machst mich noch seekrank mit deinem müßigen Gezappel. Schäl lieber die Kartoffeln...«

»Na hör mal, das ist doch nicht dein Ernst?«

»Aber ja doch...«

»Es lohnt sich weiß Gott nicht, die Schule zu schwänzen, wenn ich dafür Kartoffeln schälen muß... Ich will in erster Linie nachdenken...«

Sie war es, die um elf Uhr die Tür aufmachte, als es klingelte. Und sie begriff sofort, daß es sich um keinen angenehmen Besucher handelte, denn auf der Schwelle stand ein Mann in Schwarz mit einer zerschlissenen Mappe und einem altmodischen Kneifer.

»Ist Monsieur Adelin zu Hause?«

»Nein, aber ich bin Mademoiselle Adelin...«

»Ich bin gekommen, um die sechs überfälligen Wechsel vorzulegen... Ich nehme an, Sie zahlen nicht?«

»Die Annahme ist ganz richtig. Sie sind auch nicht auf den Kopf gefallen.«

Er füllte ein kleines Formular aus, reichte es dem jungen Mädchen, schrieb etwas auf einen Zettel, schloß wieder seine Mappe und ging.

»Wer war es?« fragte Roberte, als ihre Schwester in die Küche zurückkehrte.

»Nichts ... Ein Bettler ...«

Sehr viel später fragte Coco:

»Glaubst du nicht, sie ist nach Paris gefahren?«

»Wer?«

»Rolande ...«

»Rede nicht von Dingen, von denen du nichts verstehst!«

»Verstehst du vielleicht etwas?«

Und Coco brummte durch die Zähne:

»Du arme Irre!«

Zu Mittag kam Guillaume Adelin nach Hause und stellte keine einzige Frage. Er brauchte sich nur umzuschauen, um zu wissen, daß seine Tochter nicht heimgekehrt war. Was Coco betraf, so erzählte sie ihm nichts von dem Gerichtsvollzieher mit den sechs Wechseln, und sie zeigte niemandem das Formular, das sie in ihrer Tasche verborgen hatte.

»Es sieht ganz so aus, als ob es schneien wird«, sagte sie bei Tisch, um ein Gespräch in Gang zu bringen.

Und Mami seufzte:

»Das wird in der Stadt ein schönes Gerede geben ...«

»Was? Der Schnee?«

»Ich rede nicht vom Schnee. Ich rede von Rolande! Wenn sie sich doch wenigstens die Mühe gemacht hätte, uns eine Nachricht zu hinterlassen ...«

»Ich möchte euch alle ersuchen, nicht mehr von ihr zu reden«, befahl Papi. »Verstanden?«

»Verstanden! Aber jetzt siehst du, was du mit deiner Erziehung bei deinen Töchtern angerichtet hast ...«

»Mama!« ermahnte er sie streng.

»Ganz abgesehen davon, daß es ein schönes Beispiel für die Kleineren ist, die sich ohnehin schon viel herausnehmen ...«

Der arme Papi zog es vor, sich vor vollendeter Mahlzeit zurückzuziehen.

Und unterdessen weinte Rolande sich die Augen aus! Sie hockte auf einer alten Korbtruhe in einer Rumpelkammer, die nur das Licht einer winzigen Luke erhellte, lauschte auf alle Geräusche in einem großen Haus und erzitterte jedesmal, wenn Schritte sich näherten.

Endlich ging die Tür auf. Gérard erschien mit besorgter Miene.

»Nun?«

»Sie macht keine Anstalten, fortzugehen ... In einigen Minuten wird sie sich zu Tisch setzen ...«

Ihre Blicke trafen sich, und sie waren ohne Zärtlichkeit.

»Verstehst du«, erklärte Coco, »wie ich Rolande kenne, könnte sie es nicht ertragen, daß eine andere vor ihr heiratet ... Sie muß immer von allem *das meiste* haben, die meisten Kleider, die meisten Hüte, die meiste Bildung, die meisten Bücher und so weiter ... Und um *das meiste* zu haben, ist sie nach Le Havre gefahren und in ein Flugzeug gestiegen, weil sie dann die einzige ist, die ihren Jungfernflug gemacht hat. Allerdings wird sie grün vor Angst gewesen sein!«

Und Coco gab selbstgefällig weiter ihre Ansichten zum besten, denn sie hatte in der von ihr zum Zuhören dressierten Mimi ein geduldiges Publikum.

»Was ihn betrifft, so ist er zwar nicht dümmer als andere, aber sie ist nicht die Frau, die er braucht...«

»Warum nicht?«

»Darum!«

Das war ihre Lieblingsantwort, und sie bediente sich ihrer in den meisten Fällen. Immerhin ließ sie sich zu einer Erklärung herab:

»Seine Mutter hat ihn ein Leben lang wie ein krankes Küken in Watte gepackt. Ich bin sicher, er trägt Flanellunterhemden und schafft im Hochsprung keine anderthalb Meter...«

»Meinst du, daß Huguette besser zu ihm paßt?«

Aber diesmal antwortete Coco nicht.

Was sie über Rolande gesagt hatte, war wahrscheinlich das Vernünftigste, was im Hause gesagt worden war. Schon bei ihrer zweiten Begegnung mit Gérard hatte sie sich zum Schaden Huguettes seine Bewunderung erzwungen.

»Ich höre, Sie interessieren sich für Biologie... Das ist eine wunderbare Wissenschaft, die Wissenschaft der Zukunft...«

»Angewandte Biologie!« berichtigte er. »Ich fühle mich nicht zum Wissenschaftler berufen. Was mich interessiert, ist die Verwandlung der Materie vom praktischen oder sozusagen vom industriellen Standpunkt aus.«

In Wahrheit studierte er ohne jede Überzeugung, und er war nur zur Biologie gelangt, weil er sonst praktisch überall versagt hatte. Mit Projekten trug er sich zwar ständig herum, mit großartigen Projekten, die er sich vorgaukelte – im allgemeinen im Anschluß an die Lektüre eines populärwissenschaftlichen Buches oder eines Zeitungsartikels.

Im Augenblick beschäftigte ihn folgendes:

»Sie können sich nicht vorstellen, welche Mengen an Rohmaterialien täglich verlorengehen... Was wir brauchen, wäre ein Unternehmen, das sich um die Wiederverwertung dieser Produkte kümmert...«

Die arme Huguette konnte nicht folgen, und Rolande, die in einer Apotheke arbeitete, packte all ihr Wissen aus, so daß sich unter dem Vorwand wissenschaftlicher Theorien zwischen Gérard und ihr eine Art Komplizität bildete.

Als sie ihn dann in der Rue de l'Éperon besuchte, hatte sie ihn mit allem Nachdruck gefragt:

»Glauben Sie, daß Sie wirklich der richtige Mann für Huguette sind und in Huguette die richtige Frau gefunden haben? Denken Sie einmal nach...«

Er hatte nicht darüber nachgedacht, und zwar aus dem einfachen Grunde, weil er keine genauen Pläne verfolgte. Aber Rolandes Drängen und das Interesse, daß sie ihm bezeugte, schmeichelte ihm. Sie redete von allem, kannte sich in allem aus. So hatte sie ihn inständig gebeten, ihr Fahrunterricht zu erteilen, und deshalb war sie an diesem Tage nach dem Mittagessen verschwunden, hatte sich vorher in der Apotheke entschuldigt und erzählt, ihre Mutter sei plötzlich erkrankt, war ins Auto gestiegen, um an der Seite Gérards durch die Gegend zu gondeln.

»Ich bin sicher, daß ich in drei Unterrichtsstunden Fahren gelernt habe...« behauptete sie, während er ihr half, den Wagen auf der Fahrbahn zu halten.

Es war ein grauer und kalter Tag. Als vor ihnen in einer Talmulde ein Schlößchen auftauchte, hatte Gérard dummerweise gesagt:

»Das ist der Herrensitz der Boildieus...«

Da wollte sie natürlich das Schloß besichtigen. Und natürlich traute er sich nicht, ihr zu gestehen, daß er Angst vor seiner Mutter hatte, die sich übrigens in Caen befand.

»Wenn ich die Besitzerin eines solchen Landguts wäre«, erklärte Rolande, »würde ich Pferde züchten...«

»Das kostet aber eine Menge...«

»Ich rede von Rennpferden, die mir Geld einbringen würden...«

Sie fanden nur eine alte Dienerin vor, deren Mann Jagdaufseher war, und Gérard bat sie inständig, seiner Mutter nichts zu sagen. Dann geleitete er Rolande in den Rauchsalon, um ihr etwas Warmes zu trinken anzubieten.

Plötzlich, als man es am wenigsten erwartete, fuhr ein Wagen durch die Pappelallee. Gérard erbleichte und stammelte:

»Verdammt! Meine Mutter!«

In Windeseile stieß er Rolande zum Treppenflur, zerrte sie durch Korridore und Zimmer und schubste sie endlich in eine Rumpelkammer.

»Vor allem rühren Sie sich nicht von hier! Es wäre schrecklich...« flehte er sie an.

Im Winter kam es nur alle heiligen Zeiten vor, daß Madame Boildieu im Schloß übernachtete. Und das mußte ausgerechnet heute sein! Als Gérard seine Mutter um zehn Uhr abends verließ, konnte er nichts weiter tun, als der Gefangenen ein hartes Ei und einen Brotkanten zu bringen.

Jetzt war es zwei Uhr nachmittags. Eine Nacht und ein ganzer Vormittag waren vergangen, und Rolande hockte immer noch in der verschlossenen Rumpelkammer, während Gérard unentschlossen herumlief.

Es herrschte eine feuchte Kälte, und Rolande, die sich einen starken Schnupfen geholt hatte, mußte sich ständig zurückhalten, um nicht laut zu niesen.

»Ich glaube, Sie sollten meine Eltern aufsuchen«, sagte sie, als er ihr mitteilte, daß seine Mutter gegen vier Uhr fortzugehen gedachte.

»Und was soll ich ihnen sagen?«

»Die Wahrheit... Gaben Sie mir nicht zu verstehen, daß Sie mich lieben? Und jetzt, da Sie mich kompromittiert haben...«

Er machte ein todunglückliches Gesicht.

»Mein Gott! Was wird Ihr Vater sagen? Die ganze Sache ist mir höchst unangenehm.«

»Ist es meine Schuld?«

»Das habe ich nicht gesagt... Ich sehe mich schon bei Ihrem Vater... Und was ist mit Huguette?«

»Sie haben mir geschworen, daß nichts zwischen euch war, nicht einmal ein Versprechen...«

»Gewiß! Gewiß!«

»War es etwa nicht so?«

»Doch! Doch! Nur...«

»Nur was?«

»Ich weiß es nicht...! Ich weiß es nicht mehr...! Psst...! Ich höre ein Geräusch «

Und aufs neue schloß er sie in ihrem Kerker ein, dieser vollgestopften Rumpelkammer, wo sie inmitten der unwahrscheinlichsten Gegenstände hockte, einer alten Nähmaschine, einem Nähkasten, Negermasken und Rüstungen, einer großen Anzahl vermutlich vergifteter Pfeile, die General Boildieu einst aus Afrika mitgebracht hatte.

4

Guillaume Adelin wollte nicht sagen, wohin er ging.

»Ich habe eine Besorgung zu machen...« war alles, was seine Töchter aus ihm herausbrachten.

Und er ließ sie im schummrigen Licht der Lampe im warmen Haus zurück.

»Papi, geh auf keinen Fall ohne Schal aus... Soll ich dich nicht begleiten?«

Draußen war es so neblig, daß man kaum die Gaslaterne vor dem Hause nebenan sah. Etwas weiter fuhr die Straßenbahn im Schneckentempo und klingelte ohne Unterlaß, und man hörte die Schritte der Leute, bevor man ihre Umrisse erkannte.

Schritte waren es auch, die Adelin aufschreckten und ihn aus seinen Gedanken rissen. Es mußte schon eine ganze Weile gedauert haben, aber er hatte nicht aufgepaßt. Zuerst war sie ihm in unmittelbarer Nähe gefolgt, und jetzt ging jemand neben ihm, aber nicht etwa so, wie man manchmal rein zufällig ein Stück Wegs an der Seite eines Unbekannten geht, sondern auf eine forsche und bestimmt gewollte Art.

Adelin trug einen gestrickten Schal mit großem schottischem Muster. Sein Atem bildete eine Dunstwolke, die sich im Nebel verlor. Er blickte ein wenig zur Seite und fragte:

»Was hast du hier zu suchen?«

»Wie du siehst, begleite ich dich!«

Auch Coco stieß beim Sprechen eine Dampfwolke aus. Sie war viel zu leicht angezogen, hatte die Hände in den Taschen vergraben, und ihre Nase war vor Kälte gerötet.

»Geh nach Haus zurück... Ich will dich nicht bei mir haben...«

»Und ich werde dich nicht allein gehen lassen...«

»Coco, ich befehle dir, nach Haus zurückzukehren...«

»Nein!«

»Und der Respekt?«

Denn sie war die einzige in der Familie, die ihrem Vater mit einer so ruhigen Entschlossenheit die Stirn bot.

»Der Respekt? Aber mein armer Papi, du behauptest doch schon seit einer Ewigkeit, daß ich keinen habe!«

Sie hakte sich bei ihm ein und versprach:

»Wenn du hübsch artig bist, lasse ich dich ganz allein ins Haus treten.«

»Du weißt, wohin ich gehe?«

»Ja, dort wollte ich auch hin...«

Ein Liebespärchen knutschte sich in einer dunklen Ecke, und Adelin wechselte die Straßenseite, um seiner Tochter diesen Anblick zu ersparen. Ein wenig weiter blieben sie vor einer Toreinfahrt stehen, und Coco entfernte sich ein paar Schritte, nachdem sie ihren Vater in den Arm gezwickt hatte.

»Vor allem laß dich nicht beeindrucken!«

Das hinter einem Schloßhof liegende Palais Boildieu wirkte auch recht eindrucksvoll, besonders bei Nacht und Nebel, und als Adelin an einer gußeisernen Klingel zog, ertönte eine Glocke in der Ferne. Ein Hund beschnupperte den Eindringling durch das Torgitter. Dann näherten sich Schritte. Das Tor wurde aufgeschlossen, und ein Mann erschien, ein Diener und einer der letzten in Caen, die noch die gestreifte Weste trugen.

»Monsieur wünschen?«

»Ich möchte bitte Monsieur Gérard Boildieu sprechen...«

»Monsieur Gérard ist mit Madame auf dem Landsitz...«

»Schon seit langem?«

»Seit gestern... Darf ich fragen, wer Sie sind...?«

»Niemand... Ich danke Ihnen...«

Coco erwartete ihn unter der Gaslaterne.

»Nun?«

»Die Mutter ist auf dem Landsitz und Gérard auch...«

»Dann ist es also ein anderer!« erklärte Coco mit Bedacht.

»Ein anderer was?«

»Ein anderer Liebhaber!«

»Willst du wohl schweigen! Du solltest nicht einmal wissen, was das ist!«

Auf dem Nachhauseweg zankten sie sich noch eine Weile, aber ohne Überzeugung, denn das Herz war ihnen schwer. Wie hätten sie ahnen können, was sich um diese Stunde abspielte...

Immer noch auf der Korbtruhe sitzend, die bei der leistesten Bewegung knarrte, hatte sie ihn sachte ins Gebet genommen:

»Sagen Sie mir, Gérard, glauben Sie nicht, daß es an der Zeit wäre, einen Entschluß zu fassen?«

Es war zehn Uhr abends. Alles im Haus schien zu schlafen. Gegen Ende des Nachmittags, als Madame Boildieu wie beschlossen nach Caen zurückkehren sollte, war es ihr plötzlich in den Sinn gekommen, die Fahrt angesichts des weiterhin dichten Nebels draußen aufzuschieben und das Inventar der Wäsche aufzunehmen, was sie einmal im Jahre zu tun pflegte.

Rolande hatte sie von ihrer Kammer aus gehört, wie sie in Begleitung ihrer getreuen Dienerin von Schrank zu Schrank ging und mit leiser Stimme zählte.

Gérard erschien von Zeit zu Zeit, traute sich jedoch nicht, den Mund aufzumachen, gab ihr durch Zeichen zu verstehen, daß man nichts unternehmen könne.

Zuerst hatte Rolande gefroren, weil der Ofen nicht brennen wollte, aber dann hatte er plötzlich zu glühen begonnen, und sie verschmachtete fast vor Hitze.

Jetzt endlich, da der Drache vermutlich schlief, hatte Gérard ihr Brot, Apfelwein, Schinken und einen Apfel gebracht und mit verlegener Miene auf die Nähmaschine gestellt. Aber Rolande wollte ihn trotz ihres Heißhungers zuerst zur Rede stellen.

»Glauben Sie nicht, daß es an der Zeit wäre, einen Entschluß zu fassen?«

Und er, der noch nie in seinem Leben einen Entschluß gefaßt hatte, wagte ihr nicht in die Augen zu sehen und stammelte:

»Reden Sie leiser ... Meine Mutter könnte uns hören ...«

»Dann kommen Sie gefälligst näher ... Man sollte meinen, daß Sie Angst vor mir haben ... Kommen Sie schon! Schauen Sie mir in die Augen ...«

Draußen muhte eine Kuh. Irgendwo ratterte ein Zug durch die Nacht.

»Was gedenken Sie zu tun ...? Sie trauen sich wohl nicht, mir zu antworten?«

»Was soll ich denn antworten?«

»Lieben Sie mich?«

»Ja ... Ich glaube ... Ich weiß nicht ...«

»Sie wissen nicht, ob Sie mich lieben?«

»Gewiß ..., aber ... Ach, das alles ist so verwirrend ...! Mir scheint, ich höre meine Mutter ...«

In der Tat hörte man Schritte im ersten Stock, aber bald verstummten sie, und ein Bett knarrte.

»Gérard, antworten Sie mir ...! Als Sie mich im Wagen mitgenommen haben, liebten Sie mich da?«

Gern hätte er ihr geantwortet, um es hinter sich zu bringen, aber was sollte er sagen? Er fühlte, daß es nicht der Moment war, ins Blaue zu reden, und als er soeben aufgeblickt und Rolandes Profil betrachtet hatte, war ihm dessen Härte aufgefallen.

»Also natürlich ... Das heißt, ich meine ...«

»Hatten Sie bereits die Absicht, mich zu heiraten?«

»Ich weiß es wirklich nicht«, seufzte er in seinem Bemühen, ehrlich zu sein.

»Sie wissen nicht, ob Sie die Absicht hatten, mich zu heiraten?«

»Ist es denn meine Schuld, daß die Ankunft meiner

Mutter uns am Verlassen des Hauses gehindert hat?... Übrigens möchte ich Sie erinnern, daß ich Sie nicht hierhergelotst habe... Sie hatten darauf bestanden, das Schloß zu besichtigen... Mir war es schon unangenehm genug, wegen der Dienerin...«

»Ich beginne zu verstehen«, sagte sie pikiert.

»Was zu verstehen?«

»Antworten Sie auf meine Frage. Hatten Sie Lust, Huguette zu heiraten?«

»Das habe ich bereits gesagt... Ich weiß es nicht... Ich weiß nichts...«

»Immerhin sind Sie jede Woche mit ihr ins Kino gegangen und waren einverstanden, sich von ihr meinen Eltern vorstellen zu lassen!«

»Aber nicht als Verlobter!« protestierte er mit aller Energie, die er aufzubringen vermochte.

»Als was denn sonst?«

»Als irgendwer... Als Bekannter... Freund...«

Er war recht zufrieden mit sich, denn er hätte sich nie für fähig gehalten, die Dinge so kategorisch klarzustellen, wie er es soeben getan hatte. Rolande, der es die Sprache verschlagen haben mußte, sagte kein Wort mehr, und er blickte wieder zu ihr auf. Doch ach! Was er sah, beruhigte ihn keineswegs. Sie hatte ihr Taschentuch genommen, es zusammengeknüllt, und jetzt würde sie jede Minute in Tränen ausbrechen.

»Rolande...« begann er. »Ich versichere Ihnen... Sie dürfen mir nicht böse sein... Ich weigere mich ja nicht von vornherein, Sie eines Tages zu heiraten... Ich weiß nicht... Ich muß mich zuerst einmal an diesen Gedanken gewöhnen...«

»Und mein Vater?«

»Was ist mit Ihrem Vater?«

»Glauben Sie, er wird sich an den Gedanken gewöhnen, daß seine Tochter zwei Tage lang mit einem jungen Mann verschwunden ist?«

»Sie brauchen ihm doch nur zu erklären, wie es dazu gekommen ist ... daß wir es wirklich nicht absichtlich getan haben ... Vielleicht könnten Sie ihm sogar erzählen, Sie seien bei einer Freundin gewesen ...?«

»Ich habe noch nie gelogen!«

»Wie dumm ... Aber wissen Sie, wenn es absolut notwendig wäre ...«

Jetzt ging es los: Rolande schniefte, die Tränen waren ganz nahe, traten hervor, die Kehle schwoll an ... Im gleichen Augenblick öffnete sich lautlos eine Tür, und eine dunkle Silhouette stand reglos auf der Schwelle.

Madame Boildieu hatte das Haar für die Nacht gelöst und trug ein schwarzes Spitzenkopftuch, das ihr Gesicht hagerer und ihre Züge härter erscheinen ließ.

»Mama! ... Ich werde es dir gleich erklären ...« stammelte Gérard und sprang auf.

Sie wehrte ihn mit einer Geste ab, trat beiseite, um Platz zu lassen.

»Zuerst einmal wirst du mir diese Person herausschaffen ...«

»Mama! Ich schwöre dir ... es ist nicht das, was du denkst ...«

»Mademoiselle, ich bitte Sie, das Schloß augenblicklich zu verlassen ...«

Rolande, die stolzeste der Adelins, richtete sich in ihrer ganzen Höhe auf und blickte Madame Boildieu kurz in die Augen ... Als sie zur Tür trat, ging Gérard ihr ein paar Schritte nach, aber seine Mutter bremste ihn mit einem Wort:

»Bleib!«

Dann zu Rolande:

»Haben Sie keinen Mantel und keinen Hut?«

Rolande holte sie von hinter der Schneiderpuppe hervor, und dann rannte sie plötzlich davon, konnte diese Szene nicht länger ertragen. Im Erdgeschoß stieß sie sich an der Tür, deren Riegel sie nur mit Mühe zu öffnen vermochte, und draußen rannte sie durch die Pappelallee, fürchtete sich, weil ein Hund ihr folgte, hatte Angst, weil sie im Nebel nichts sah.

Nie hätte sie eine derart peinliche Situation für möglich gehalten, nie hätte sie gedacht, daß man sie so demütigen könnte. Und sie wußte nicht einmal recht, wo sie war! Sie schritt einfach drauflos, stolperte, hatte Angst vor dem Hund, Angst vor allem und besonders vor dem morgigen Tag.

»Feigling! Feigling! Feigling!« schrie sie plötzlich, ballte die Fäuste und stampfte wild. »Ein Feigling ist er und nichts anderes!«

Und sie, was war sie jetzt anderes als ein gefallenes Mädchen? Wäre es da nicht besser, gleich zu sterben? Sie blickte sich um, ohne Überzeugung allerdings, und sah weder Mittel noch Wege, sich das Leben zu nehmen, und das lächerlichste dabei, worüber sie bitter lächeln mußte, war der Hunger, der sie plagte, ein wahrer Heißhunger, und sie hätte viel für ein Stück Brot gegeben.

»Feigling!«

Alle zehn Meter wiederholte sie dieses Wort, aber allmählich sprach sie es immer kraftloser und vor allem mit immer weniger Überzeugung aus, und am Ende verhaspelte sie sich sogar und sagte:

»Dummkopf!«

Sie brabbelte ganz allein vor sich hin. Müde blieb sie stehen, kramte in ihrer Handtasche, um zu sehen, wieviel Geld sie hatte, fand etwas über dreißig Francs. Im ersten Dorf, durch das sie kam, entdeckte sie keine Gaststätte, und im nächsten, das sie wiedererkannte, schlief alles bereits.

Als sie in Caen ankam, war es schon nach eins, und sie stürzte wie von einem Schwindeltaumel ergriffen in die erste Gasse, wo sie ein Hotelschild leuchten sah.

Am Morgen hing der Nebel immer noch über der Stadt. Im Gymnasium brannte Licht in den Klassenzimmern, auf den Straßen leuchteten die Gaslaternen, und einige Schaufenster waren erhellt.

Coco liebte den Nebel, so wie sie auch die große Hitze liebte, strömenden Regen, Überschwemmungen, Hagel und hohen Seegang. Die Mappe unter den Arm geklemmt, schritt sie forsch voran, wie von einer unwillkürlichen Freude beschwingt, stieß zuweilen einen Passanten an, als sie plötzlich eine Stimme hörte:

»Pssst!«

Sie wußte nicht gleich, ob es ihr galt, aber dann sagte die Stimme:

»Coco! ...«

Jetzt drehte sie sich um, machte zwei Schritte und rief nicht gerade sehr überrascht:

»Ach, da bist du!«

»Still! ... Komm her ...«

Rolande führte sie in eine enge Nebengasse, aber es war eine seltsame Rolande, mit zerknittertem Kleid, einem müden Gesicht und ängstlichem Blick.

»Versprich mir, keine Fragen zu stellen ...«

»Schieß nur los! Was willst du?«

»Hast du Geld bei dir?«

»Bist du verrückt geworden, Mädel? Seit wann hat man in unserer Familie Geld? Wo kommst du her?«

»Du hast versprochen ...«

»Gar nichts hab ich versprochen, und wenn du mir nicht antwortest, schreie ich, mache einen Skandal und rufe einen Polizisten ...«

»So schweig doch, um Himmels willen!«

»Dann sag es mir.«

»Später werde ich dir alles erklären ... Jedenfalls will ich um keinen Preis nach Hause zurück ... Ich kann auch nicht in Caen bleiben ... Coco, du mußt einfach Geld für mich auftreiben!«

»Man sollte meinen, daß du keine Adelin bist ...«

»Warum?«

»Du mußt Geld für mich auftreiben! ... Als ob das Geld bei uns an den Bäumen wüchse ...«

»Mach keine Witze, Coco ... Es ist sehr schlimm. Letzte Nacht wollte ich mich umbringen ...«

»Aber du hast es nicht getan ...«

»Ich werde es tun, wenn du mir nicht die Mittel verschaffst, die Stadt zu verlassen ... Jawohl, ich werde mich in die Orne stürzen ... Oder ich springe unter die Straßenbahn ...«

»Was du nicht sagst!«

»Du wirst es später verstehen ... Treib zweihundert Francs auf, und bring sie mir hierher ...«

»Hier auf der Straße willst du auf mich warten?«

Es war eine stille und enge Gasse neben einer Hauptstraße, auf der man die Hausfrauen feilschen hörte.

»Beeil dich, Coco ... Ich hab solche Angst, daß man mich hier trifft! ... Vor allem sag niemandem, daß du mich gesehen hast ... Schwöre es mir! ...«

Aber Coco war schon unterwegs und brummte nur:

»Keine Bange, mein Kind!«

Ihre Schritte hatten nicht mehr die Beschwingtheit von vorher, denn sie war sich der auf ihr lastenden Verantwortung bewußt.

»Geld! Geld! Immer nur Geld! ...« knurrte sie.

Ihr ganzes Leben lang hatte sie dieses Wort gehört! Und im Hause stieß man sich ständig an der Frage des Geldes. Wollte sie ein Fahrrad mit Freilauf, wie ihre Freundinnen, dann hieß es:

»... kein Geld ...«

Wollte sie sich eine Dauerwelle machen lassen ...

»... kein Geld ...«

Wenn ihr Vater sorgenvoll dreinschaute und tagelang schlechte Laune hatte, dann wußte man, daß kein Geld da war. Wenn es an der Tür klingelte und man einander erschrocken anblickte, fragte man sich bang, ob es nicht wieder ein Kassierer sei, der Gasmann oder der Angestellte des Elektrizitätswerks.

Geld! Immer nur Geld!

Und dabei zählte man, rechnete aus und zusammen,

wieviel noch blieb, um bis zum Monatsende durchzukommen!

Inzwischen stand Rolande auf der Straße und wartete... worauf? Auf Geld natürlich!

Da Coco keinen Schlüssel hatte – es wäre zu teuer gewesen, jeder der sieben Töchter Schlüssel machen zu lassen – klingelte sie an der Tür und wartete, zuerst ohne sich zu fragen, warum es so lange dauerte, dann immer ungeduldiger und schließlich mit einiger Bestürzung. Sie klingelte noch einmal, und es schien ihr, als ob die Glocke in einem leeren Hause widerhallte, was zu dieser Stunde unmöglich war.

Jetzt klingelte sie stärker, ohne aufzuhören. Im ersten Stock ging ein Fenster auf, und Roberte erschien, noch blasser als gewöhnlich.

»Warte...«

Coco schaute nach links, dann nach rechts, und etwa zehn Meter weiter erblickte sie Monsieur Rorive, der auch auf irgend etwas zu warten schien und dessen Mund Dunstwolken im Nebel verbreitete.

»Komm schnell herein... Was willst du?«

Roberte machte ein Katastrophengesicht und führte sich auf, als ob in allen Ecken Gefahren auf sie lauerten.

»Was ist denn los?«

»Psst!... Er ist da oben...«

»Wer?«

»Der Gerichtsvollzieher...«

»Schon wieder?«

»Schweig! Diesmal machen sie Ernst... Sie sind nämlich zu zweit... Seit fast einer Stunde stellen sie eine Liste von allem auf, was im Hause ist, und wie es scheint, gehört uns bereits nichts mehr davon, das heißt, wir dürfen nichts herausschaffen und nichts mitnehmen...«

»Die Möbel auch nicht?«

»Die Möbel und alles übrige!«

»Die Kleider?«

»Alles, hab ich gesagt! Die Kleider, den Hausrat, die Nippes, alles! Nur die Betten und einen Tisch dürfen wir behalten...«

»Pro Person?«

»Das weiß ich nicht...«

»Sind sie in meinem Zimmer gewesen?«

»Noch nicht... Im Moment sind sie bei Papa im Arbeitszimmer...«

Niemand hatte saubergemacht. Kein Küchenduft wehte durchs Haus, und zu viele Türen standen offen, so daß es nicht einmal richtig warm war.

»Und Mama?«

»Sie ist einkaufen gegangen...«

»Hatte sie denn Geld?«

»Psst!... Die belauschen uns vielleicht...«

»Und du? Hast du Geld?«

»Es bleiben mir zweihundert Francs bis zum Monatsende...«

»Gib sie mir...«

»Was hast du vor?«

»Darum mach dir keine Sorge!«

Coco stieg zu ihrem Vater hinauf, und es gab ihr einen Schock, einen fremden Mann am Schreibtisch zu sehen, der zur Arbeit den Hut aufbehielt und eine kurze Meerschaumpfeife rauchte.

»Was wünschen Sie?« fragte er das junge Mädchen.

»Zuerst einmal habe ich Ihnen zu sagen, daß hier nicht geraucht wird, und dann möchte ich Sie bitten, Ihren Hut abzunehmen ...«

Ein ganz hübscher und viel jüngerer Mann beschriftete die einzelnen Gegenstände, nahm zum Beispiel eine kleine Bronzestatue, die den Ritter Bayard darstellte, und verkündete:

»Eine Statuette aus Similibronze ... Die Lanze des Ritters ist an der Spitze verbogen ...«

Roberte stand auf dem Korridor und weinte, wischte sich die Augen mit dem Schürzenzipfel.

»Ein Brieföffner aus Elfenbein ... Ein Reklameaschenbecher ...«

Der Gerichtsvollzieher schrieb und schielte nach seinem Hut, den er sich gern wieder aufgesetzt hätte, denn die Luft war eiskalt, nachdem Coco das Fenster geöffnet hatte.

»Würde es Ihnen was ausmachen, das Fenster wieder zu schließen?« brummte er.

»Ich bitte um Verzeihung, aber es macht mir etwas aus. Gewisse Gerüche vertrage ich nicht ...«

»Was wollen Sie damit andeuten?«

»Nichts. Aber ich nehme an, daß das Gesetz uns nicht verpflichtet, die Fenster zu schließen, während Sie Ihres Amtes walten ...?«

Sie ging zu ihrer Schwester hinaus.

»Bring mir den Staubsauger!« befahl sie ihr.

Dann sagte sie ganz leise:

»Während ich sie beschäftige, sammelst du alles ein, was irgendeinen Wert hat ...«

»Aber was denn?«

»Was weiß ich? Alles, was sich wieder verkaufen läßt...«

Gewiß, Rolande wartete noch immer in ihrem Gäßchen. Und wenn schon! Sollte sie nur noch ein bißchen länger warten! Warum mußte sie ausgerechnet einen solchen Augenblick wählen, um ihren Liebeskummer auszuleben!

Als Coco den Staubsauger einschaltete, ertönte ein beharrliches Brausen im Zimmer.

»Mademoiselle...« begann der Gerichtsvollzieher, rot vor Wut.

»Ja, Monsieur?« fragte sie friedlich.

»Ich wäre Ihnen dankbar, wenn...«

»Und ich, Monsieur, wäre Ihnen dankbar, wenn Sie ein wenig die Beine heben würden... Danke... Noch etwas höher bitte...«

Der andere schnarrte weiter:

»Ein Sekretär aus imitiertem Nußbaumholz...«

»Ein Sekretär aus imitiertem Nußbaumholz«, wiederholte der Gerichtsvollzieher, der, von den Angriffen des Staubsaugers bedrängt, nicht mehr wußte, wie er sich verhalten sollte. »Mademoiselle, ich frage mich, ob es nicht meine Pflicht wäre, polizeilichen Schutz anzufordern...«

»Mit diesem Zimmer sind wir fertig«, verkündete der Sekretär.

»Gehen wir ins nächste...«

»Das nächste ist meins«, sagte Coco. »Und ich warne Sie..., machen Sie bloß keine Unordnung, sonst...«

Was konnte Roberte inzwischen aus dem Schiffbruch gerettet haben? Coco bemühte sich, frech und keck zu sein, aber sie verzagte beim Gedanken, daß man eines Tages all diese Möbel und all diese Gegenstände auf die Straße stellen würde, wie es schon einmal in der Gegend passiert war, und daß die Leute kommen könnten, um herumzuschnüffeln, die Köpfe zusammenzustecken und über gewisse Familienandenken zu witzeln.

War sie damals nicht selbst beim Anblick eines blaßblauen Nachttopfs auf dem Regal eines Bücherschrankes in schallendes Gelächter ausgebrochen?

»Ein sehr abgenutzter Wollteppich...«

»Nun sagen Sie mal!«

»Ich sage, ein sehr abgenutzter Wollteppich...«

Was sollte sie nur tun? Papi war beschäftigt und erteilte den Buben der sechsten Klasse Geschichtsunterricht. Mami machte ihre Einkäufe mit der Würde einer vornehmen Dame, die alles Feilschen verabscheut und immer nur die allerbeste Qualität verlangt. Mimi war auf der Schule, und Elisabeth mit ihrer schwarzen Schürze und weißem Kragen schwirrte in der Parfümerieabteilung des Kaufhauses *Prix Bas* herum.

Was Rolande betraf, so wartete sie einstweilen und war völlig durcheinander, weil sie Liebeskummer hatte oder Hunger oder weil sie sich gedemütigt fühlte.

»Haben Sie noch lange hier zu tun?«

»So lange, bis wir mit dem ganzen Haus fertig sind...«

»Widert Sie das nicht an?«

»Was?«

»Diesen Beruf auszuüben...«

»Mademoiselle, ich warne Sie zum letztenmal, falls Sie...«

Sie streckte ihm die Zunge heraus und schnitt eine Grimasse, bevor er seinen Satz beenden konnte.

»Colette!« rief Roberte von unten.

»Sie gestatten, Monsieur?«

Sie ging hinunter. Ihre Schwester sah ganz erschrokken aus und hielt eine Tasche in der Hand.

»Da... Ich habe alles reingetan, was ein bißchen Wert hat; Mamas alten Schmuck, den Silberrahmen, das Silberbesteck, das japanische Teeservice...«

»Dafür kriegst du allerhöchstens dreihundert Francs«, seufzte Coco. »Ich will dir mal etwas sagen, du arme Roberte; eines Tages möchte ich reich sein, aber nicht wegen dem, was du denkst! Nicht um viel Geld zu haben, sondern nur, um keins zu brauchen...«

»Das ist doch dasselbe«, sagte Roberte.

»Du verstehst überhaupt nichts... Wo willst du mit der Tasche hin?«

»Keine Ahnung...«

»Gib her! Ich werde sie in der Dachrinne verstekken...«

»Und wenn du fällst?«

Coco zuckte die Schultern, stieg in den zweiten Stock und kroch durch die Dachluke. Als sie wieder herunterkam, fragte ihre Schwester sie:

»Gibst du mir die zweihundert Francs zurück?«

»Natürlich... Allerdings kommt es jetzt kaum noch auf zweihundert Francs mehr oder weniger an...«

»Wo gehst du hin?«

»Eine Besorgung machen...«

Wie aus dem Nebel aufgetaucht, stand Monsieur Rorive immer noch an seinem Platz auf dem Gehsteig. Coco ging an ihm vorbei, die Hände in den Hosentaschen, und sie wollte gerade auf den Boden spucken, um ihm ihre Verachtung auszudrücken, als er flüsterte:

»Mademoiselle Colette...«

»Was wollen Sie von Mademoiselle Colette?«

»Hören Sie mir bitte eine Minute zu... Ich weiß, was Sie von mir denken... Sie hassen mich... Sie wollten gerade ausspucken...«

»Was denn sonst? Soll ich Sie vielleicht umarmen?«

»Sie müssen versuchen, mich zu verstehen... Ihr Vater hat mir vorgestern schreckliche Dinge gesagt und mich auf eine Weise vor die Tür gesetzt, die ein Mann wie ich nicht vergessen kann...«

»Na schön, dann vergessen Sie's eben nicht!«

»Ich bin sehr betrübt über das, was geschehen ist...«

»Während wir vergnügt wie die Maikäfer sind!«

»Seien Sie doch einmal ernst... Sie wissen, was für ein Mensch ich bin... Ein bodenständiger Mensch, bei dem es rund gehen muß und der keine Komplikationen mag... Schon als ich mein Geschäft aufgab, kam ich mir wie verloren vor... Und dann ist die arme Madame Rorive gestorben, und ich wäre der unglücklichste Mensch auf Erden gewesen, wenn ich nicht Ihr Haus als letzte Zuflucht gehabt hätte... Lachen Sie nicht, aber ich fühlte mich ein bißchen wie bei mir daheim... Ich gab mich der Illusion hin, zur Familie zu gehören...«

»Nun packen Sie doch mal endlich aus!«

»Auspacken?«

»Sagen Sie, was Sie mir zu sagen haben!«

»Aber...«

»Sonst gehe ich..., *zur Familie gehören*... Da waren Sie stehengeblieben.«

»Ich weiß nicht mehr... Also gut! Trotz allem, was Ihr Vater mir angetan hat, glaube ich, daß ich mit mir reden ließe, wenn man mir wieder ein kleines Plätzchen einräumt...«

»Ein Plätzchen als was?«

»Die Rolle des Gläubigers ist zu unangenehm, weil man da immer den Eindruck hat, unerwünscht zu sein... Aber angenommen, ich gehörte wirklich zur Familie...«

»Wen wollen Sie heiraten?« fragte sie. »Haben Sie schon Ihre Wahl getroffen? Roberte?«

»Nein! Die ist zu traurig...«

»Clotilde?«

»Die kenne ich fast gar nicht... Das ist doch die Lehrerin, nicht wahr?«

»Also? Beeilen Sie sich...«

»Was mir gefällt, ist die Fröhlichkeit, die Jugend...«

»Rolande?«

»Sie beeindruckt mich ein bißchen... Aber im Notfall...«

»Huguette? Elisabeth? Mimi?«

»Natürlich bin ich nicht mehr sehr jung...«

»Nein! Das sind Sie weiß Gott nicht.«

»Aber ich hinterlasse ein Vermögen von einer Million, und...«

»Wenn ich Sie richtig verstanden habe, wollen Sie Rolande oder mich?«

»Ich habe gesagt, daß Rolande mich beeindruckt...«

Jetzt lachte sie nicht mehr und sprach sehr ernsthaft.

»Wer weiß? Man hat schon seltsamere Dinge gesehen... Also hören Sie, Monsieur Rorive... Sie werden doch zugeben, daß so etwas drei oder vier Tage Bedenkzeit erfordert... Sagen wir fünf...«

»Aber glauben Sie, daß ich Chancen habe?«

»Vor allem, wenn Sie Ihren kleinen Schnurrbart abrasieren... Schnurrbärte habe ich nie ausstehen können!... Und dann noch eins: Wenn Sie wollen, daß ich mir die Sache in Ruhe überlege, wäre es ratsam, Ihre beiden Männer zurückzupfeifen, denn die bringen das ganze Haus durcheinander...«

»Und Ihr Vater?«

»Was ist mit meinem Vater?«

»Werden Sie mit ihm reden?«

»Sobald ich einen Entschluß gefaßt habe... Bis dahin...«

Und sie rannte davon, verlangsamte das Tempo erst hinter der nächsten Straßenecke. Als sie Rolande endlich wiederfand, war diese bleich vor Angst, weil sie geglaubt hatte, ihre Schwester würde nicht mehr kommen.

»Hast du das Geld?«

»Zweihundert Francs...«

»Gib sie mir schnell, ich muß dringend etwas essen...«

Coco folgte ihr in ein kleines Bistro für Gemüsehändler, wo Rolande eine Portion Brot und Wurst verschlang. Nachdem die Jüngere ihre Schwester eine Weile aufmerksam beobachtet hatte, sagte sie plötzlich:

»Hast du mir vorhin nicht erzählt, daß du sterben wolltest?«

»Das habe ich gesagt…, und ich werde es auch tun…, wenn es sein muß.«

»Wäre es dir egal, statt dessen etwas anderes zu tun?«

»Was soll das heißen?«

»Es ist ganz einfach! Wenn du stirbst, hat niemand etwas davon, und du bist sicher, daß für dich aller Spaß aus ist… Aber jetzt nimm einmal an, du würdest dich verheiraten und damit das ganze Haus retten…«

»Bist du verrückt? Verstehst du denn gar nichts?«

»Ich verstehe sehr wohl, du Blödkopf! Ich habe nicht gesagt, du sollst Gérard heiraten…«

»Sondern wen?«

»Monsieur Rorive… Schrei, soviel du willst… Setz dich aufs hohe Roß… Trotzdem wird eine von uns beiden ihn wohl oder übel nehmen müssen…«

»Hat Papa das gesagt?«

»Laß Papi aus dem Spiel!… Er weiß nichts von alledem… Papi ist ein Geschichtsgelehrter und versteht nichts vom Leben… Wer es gesagt hat, ist Monsieur Rorive… Er ist übrigens nicht so besonders scharf auf dich… Wie es scheint, beeindruckst du ihn, aber ich bin sicher, daß er sich dran gewöhnen wird…«

»Bist du total übergeschnappt?«

»Red keinen Quatsch und überleg dir's… Du willst sowieso sterben und hast folglich nichts zu verlieren, wenn du dich opferst… Ich dagegen will leben…«

»Das ist nicht dasselbe!«

»Was ist nicht dasselbe?«

»Monsieur Rorive zu heiraten…«

»Ich habe ihm gesagt, er soll sich seinen Schnurrbart abrasieren...«

»Ich will ihn weder mit noch ohne Schnurrbart... Nein! Nie! Nie und nimmer!«

Darauf stand Coco auf und erklärte ernsthaft:

»Laß dir eins sagen, mein Kind: Du bist eine Egoistin.«

»Was wirst du tun?«

Aber da war Coco bereits wortlos verschwunden.

5

Es gibt Stunden wie die der Mahlzeiten, an denen auch die dramatischsten Umstände nichts ändern, und an diesem Abend sah man unter der Lampe das gleiche weiße Tischtuch wie an anderen Tagen, die gleichen Gedecke und die gleiche dampfende Suppe. Als Roberte diese auf den Tisch stellte, ließ sie allerdings ein geräuschvolles Schniefen vernehmen, und als sie einen Augenblick später in den Flur trat, um in die Küche zurückzukehren, stützte sie sich mit verschränkten Armen an die Wand und weinte nach Herzenslust.

Was Guillaume Adelin betraf, so fühlte man, daß er beschlossen hatte, seinen Kindern eine Lektion in Stoizismus zu erteilen, und wenn er auch bleich war, als er sich zu Tisch setzte, bewegte sich doch kein Muskel seines Gesichts.

»Wo ist Mama?« fragte er, auf den leeren Stuhl weisend.

»Sie ist zu Bett gegangen. Sie hat Migräne ...«

Er tat, als ob er es glaubte. In allem mußte man »so tun als ob ...«

So tun, als ob man Hunger hätte ... Als ob man Rolandes Abwesenheit nicht bemerkte ... Als ob es allen egal sei, daß man das Haus und die Möbel und die ganze übrige Habe verkaufte ... Man tat sogar, als ob die Suppe schmeckte, obgleich die arme Roberte sie völlig versalzen hatte...

Um »so zu tun als ob«... das heißt um sich nicht der Verzweiflung hinzugeben, mußte man gewisse Vorsichtsmaßnahmen treffen, einander nicht anblikken, seine Gedanken im Zaum halten...

Madame Adelin zum Beispiel, die noch am Vorabend so zufrieden gewesen war, das Stadtviertel zu wechseln, war plötzlich zusammengebrochen, als sie erfuhr, daß all ihre Möbel öffentlich auf der Straße versteigert werden würden.

»Der Nebel hält immer noch an!« verkündete Guillaume Adelin, während er das Brot brach.

»Ja, es ist noch sehr neblig«, stimmte Coco ihm zu.

»Das merkwürdige ist«, fuhr Papi fort, »daß er schon drei Tage andauert...«

»Um diese Jahreszeit ist das eigentlich ganz normal«, sagte Coco mit so natürlicher Stimme, daß die anderen entrüstet aufblickten.

In diesem Augenblick kam Roberte mit einer riesigen Salatschüssel herein, aber sie stellte sich so ungeschickt an, daß die Schüssel zu Boden fiel und wie eine Bombe in tausend Scherben zerplatzte. Da rief Mimi unbedacht:

»Paß auf! Das gehört uns nicht mehr! Vergiß nicht, was der Gerichtsvollzieher gesagt hat!«

Guillaume Adelin warf einen eindringlichen Blick in die Runde. Dann erhob er sich mit mühsam beherrschter Miene, stammelte »Eßt nur weiter... Ich habe keinen Hunger mehr...« und rettete sich auf den Flur.

Während er sich oben in seinem Arbeitszimmer einschloß, schalt Coco ihre Schwestern:

»Warum müßt ihr ausgerechnet beim Essen über solche Dinge reden? ... Und du, kannst du nicht einmal mehr eine Salatschüssel tragen?«

Coco aß von allem, ohne zu schniefen, ohne sich die Augen zu wischen. Gewiß, sie hatte zwar nicht ihre gewohnt gute Laune, doch wirkte sie eher wie jemand, der nachdenkt, als wie jemand, der Kummer hat. So wandte sie sich zum Beispiel mit einiger Neugier ihrer Schwester Elisabeth zu, als diese in Schluchzen ausbrach. Es war die Warenhausverkäuferin, die immer in ihrer Ecke gelebt und sich stets derart in ihre Schmöker versenkt hatte, daß sie fast nicht mehr zur Familie gehörte.

Jetzt heulte sie wie ein Schloßhund, und dazu noch mit vollem Munde.

»Was hast du denn plötzlich? Könntest du mir wenigstens sagen, warum du so heulst?«

»Weil ... weil ... es ... zu traurig ist ...«

Coco ahmte sie nach:

»Und was ... was ist denn ... zu traurig?«

»Weiß ich nicht ... Daß man alles versteigert ... Daß Mama zu Bett gegangen ist ... Daß Papa ... Ich sehe doch, daß sich von jetzt an alles zum Schlechten wenden wird, und da will ich noch lieber heiraten ...«

»Das ist wenigstens eine Idee! Hast du schon jemanden?«

»Ich werde einen finden ...«

Beim Wort »heiraten« brach Huguette ihrerseits in Tränen aus.

»Na schön! Bei dir weiß man wenigstens, warum du weinst: Weil Gérard dich sitzengelassen hat...«

»Colette!«

»Darüber habe ich übrigens noch ein ernstes Wort mit dir zu reden...«

Mimi fragte:

»Ist es wahr, daß sogar das, was in den Schränken ist, nicht mehr uns gehört?«

Roberte, die Ellbogen auf den Tisch gestützt wie eine müde Hausfrau, dachte nicht ans Abräumen. Schließlich half ihr Huguette, und sie konnten dann in der Küche ihre Jeremiaden austauschen, während Coco nach kurzem Zögern leise in das Arbeitszimmer ihres Vaters trat.

Zuerst hörte er sie nicht. Er saß da, den Kopf in den Händen vergraben, und rührte sich nicht, hatte keins der vor ihm aufgestapelten Schulhefte aufgeschlagen. Es muß der Luftzug durch die halboffene Tür gewesen sein, der ihn aus seiner Starre riß, und er blickte Coco an wie ein Kurzsichtiger, der eben seine Brille abgenommen hat.

»Was willst du hier?«

»Ich wollte dir nur guten Tag sagen...« antwortete sie und setzte sich auf die Ecke des Schreibtischs.

»Ich muß arbeiten.«

»Du kannst nachher arbeiten, nicht wahr? Aber sag mal, Papi, was gedenkst du zu tun, wenn wir das Haus verkauft haben?«

Es war offensichtlich, daß sie nicht zufällig hereingeschneit war und daß sie sich ihre Fragen reiflich überlegt hatte.

»Was sollen wir schon tun?«

»Ich habe mich nicht deutlich ausgedrückt ... Warte! Wir werden vermutlich eine Wohnung oder ein Haus mieten müssen, nicht wahr? Warte! Also warum haben wir uns all diesen Ärger aufgebürdet, um ein eigenes Haus zu besitzen?«

Er blickte sie erstaunt an, versuchte ihren Gedanken zu folgen.

Sie fuhr fort:

»Denn seit wir diese verdammte Bude haben, hört man nur noch von Geld reden, das mußt du doch zugeben ... Erkläre mir das ...«

»Das kannst du nicht verstehen, mein Kleines ...«

»Nein, Papi! Ich bitte dich! Keine Ausflüchte! Erkläre mir, warum du ein eigenes Haus gewollt hast und warum das zur Hauptsorge der Familie geworden ist ...«

»Weil das eine Familie ist!«

»Willst du damit sagen, daß ihr nicht daran gedacht hättet, euch ein Haus bauen zu lassen, wenn du mit Mama allein gewesen wärst?«

»Ja.«

»Es war also für uns ...«

»Für uns alle!« sagte er und stand auf. »Für die Sippe der Adelins, damit sie ein Zuhause hat ... Ich wiederhole, du kannst das nicht verstehen ... Die wildesten Tiere haben ein Nest, eine Höhle, einen Bau ... Laß mich jetzt! ... Geh, schnell! ...«

Und er winkte sie zur Tür, weil ihm wieder zum Weinen zumute war und er nicht vor ihr weinen wollte.

»Nun geh schon, Coco! Ich bitte dich ...«

»Nein! Du kannst ruhig vor mir weinen. Wenn du glaubst, daß da unten nicht geheult wird...«

Er wischte sich die Augen, wandte sich kurz ab, fragte seine Tochter hinter der vorgehaltenen Hand:

»Und du?«

»Ich weine nicht. Ich überlege.«

»Was?«

»Was wir tun werden.«

»Wie? Was wir tun werden?«

»Wir müssen uns doch entschließen, irgendwas zu tun, stimmt's? Eine Familie, die kein Nest hat, wie du sagst... Aber du kannst nicht verstehen! So brauche ich zum Beispiel ein paar kleine Auskünfte... Wieviel genau schuldest du Monsieur Rorive?«

»Sechzigtausend Francs...«

»Und wieviel ist das Haus wert?«

»Es hat hundertzwanzigtausend Francs gekostet, aber jetzt ist es wahrscheinlich etwas mehr wert...«

»Demnach haben wir selbst nur sechzigtausend Francs bezahlt?«

»Ja. Unsere Ersparnisse von fünfzehn Jahren und die Erbschaft von Tante Marthe.«

»Im Grunde haben wir also nie etwas an Monsieur Rorive zurückgezahlt?«

Sie sah, daß er errötete, aber sie mußte sich Gewißheit verschaffen.

»Die Zinsen, ja. Aber nichts vom Kapital... Es ist nicht meine Schuld. Wenn ich von Einschränkungen rede, lacht ihr mich alle aus... Und wenn ihr Lust auf irgendwas habt, plagt ihr mich so lange, bis ich...«

»Armer Papi!«

Sie küßte ihn auf die Stirn, ging zur Tür, fügte hinzu:

»Mach dir nichts draus!«

Erst später, als sie draußen war, dachte er daran, fragte sich, was sie hatte sagen wollen, zuckte die Schultern und sagte sich, es sei wohl nur so dahergeredet...

Unten war es wie nach einem Begräbnis. Unordnung, Müdigkeit, feuchte Taschentücher und geschwollene Lider. Als Coco trockenen Auges und gefaßt herunterkam, trafen sie mißbilligende Blicke.

»Was macht er?« fragte Roberte, als ob sie sich nach dem Befinden eines Sterbenden erkundigte.

»Was soll er schon machen?«

»Du hast im Grunde nie ein Herz gehabt!«

»Und du, meine Liebe, hast viel zuviel davon. In einem solchen Maße, daß du Salatschüsseln zertöpperst.«

»Keine Scherze, Coco«, bat Huguette. »Dazu ist weiß Gott kein Anlaß, das schwöre ich dir... Ich frage mich, was aus uns werden wird... Ganz abgesehen von der Schande...«

»Welche Schande?«

»Du weißt es sehr wohl.«

»Redest du von Rolande oder vom Haus?«

»Von beiden.«

Elisabeth seufzte.

»Ich gehe lieber schlafen...«

»Recht so! Gute Nacht...«

Mimi ging auch hinauf, dann Huguette, und Coco blieb allein mit Roberte, die ohne Überzeugung gegen die Unordnung ankämpfte.

»Sag mal, weißt du, wie alt Monsieur Rorive ist?«

»Nein ...«

»Welches Alter gibst du ihm? Er muß schon sehr alt sein, nicht wahr?«

»Ich glaube nicht ... Vielleicht um die Sechzig ...«

»Und das ist nicht alt?«

»Papa ist immerhin dreiundfünfzig.«

»Meinst du nicht, daß er krank sein könnte?«

»Papa?«

»Nein! Monsieur Rorive ...«

»Warum soll er krank sein?«

»Weil es einen Haufen kranker Leute gibt und es sehr gut sein könnte, daß er es ist ... Du verstehst entschieden gar nichts! ... In deinem Alter solltest du das alles wissen ... Und nun sag mir, wie viele Jahre hat er deiner Meinung nach noch zu leben?«

»Fünfzehn Jahre? Zwanzig? ... Mamas Vater ist mit siebenundachtzig gestorben ...«

»Ach du lieber Himmel!«

»Was? Was willst du damit sagen?«

»Nichts ... Ich rechne nach ...«

Und sie rechnete in der Tat. Sie war sechzehneinhalb. Wenn Monsieur Rorive noch zwanzig Jahre lebte, dann wäre sie sechsunddreißig ...

»Sag mal, Roberte ... Du bist doch siebenundzwanzig, nicht wahr?«

»Worauf willst du eigentlich hinaus?«

»Mach dir darüber keine Sorgen ... Laß mich dich anschauen ... Ja, natürlich, in zehn Jahren wirst du eine alte Jungfer sein ...«

Sie seufzte, schwieg und sagte dann:

»Das kann ja lustig werden!«

»Coco, schläfst du?«

Colette, die ungestört nachzudenken wünschte, hatte in dieser Nacht nicht mit ihrer Schwester schlafen wollen, und so lag eine jede in ihrem Bett, während die Dunkelheit sie einhüllte.

»Was willst du?«

»Ich will mich zu dir legen, um dir etwas zu sagen«, verkündete Mimi.

»Unter einer Bedingung: Daß du nicht ganz kalt bist...«

»Ich bin nicht kalt... Nur die Füße...«

»Dann komm, wenn du willst, und laß die Füße draußen... Aber fang mir bloß nicht zu flennen an... Und red nicht zu laut wegen Mama.«

Einige Sekunden später erinnerte sie Mimi an ihr Versprechen.

»Was wolltest du mir sagen?«

»Ich weiß es nicht mehr...«

»Du lügst!«

»Ja... Aber ich frage mich, ob es überhaupt etwas bedeutet... Und ich weiß nicht, ob ich es erzählen soll...«

»Dann eben nicht!... Marsch! Zurück in dein Bett...«

»Coco...«

»Da gibt's kein Coco! Los! Zurück in dein Bett... Oder lieber nicht, ich will es hören...«

»Es ist etwas, das Huguette vorhin gesagt hat... Sie heulte... Sie wußte nicht, daß ich da war... Roberte kochte gerade ihre Suppe... Huguette und Roberte haben sich immer gut verstanden...«

»Weiter!«

»Sie heulten alle beide nach Herzenslust, als ob es ihnen Vergnügen machte... Dann schneuzten sie sich... Dann schauten sie sich an und blickten zum Himmel auf... Und schließlich sagte Huguette mit einem Seufzer:

Wenn ich bedenke, daß es vielleicht meine Schuld ist!

Warum, fragte Roberte, die eine Kartoffel in der Hand hielt.

Ach, nichts... Ich kann es dir nicht erklären...

Einen Augenblick später schluchzte sie schon wieder und murmelte:

Wenn du wüßtest, wie ich ihn liebe!... Man kann doch nichts dafür, wenn man liebt, nicht wahr?...«

Coco sagte nichts. Mimi begann, sich über ihr Schweigen zu beunruhigen.

»Du schläfst doch nicht etwa?«

»Nein!«

»Also was machst du denn?«

»Ich denke nach.«

»Worüber?«

»Über das, was du mir erzählt hast... Bist du blöde, ja oder nein?... Du bist also sicher, daß Huguette gesagt hat: *Vielleicht ist es meine Schuld...?*«

»Absolut sicher. Roberte hat sie sogar eine Viertelstunde später noch mal danach gefragt, aber sie wollte es nicht erklären.«

»Was hast du verstanden?«

»Nichts habe ich verstanden. Deshalb wiederhole ich dir ja...«

»Geh wieder in dein Bett...«

»Aber du hattest mir versprochen...«

»Du hast recht... Bleib lieber in meinem Bett und halte es warm, bis ich zurück bin...«

»Wo gehst du hin?«

»Laß das meine Sorge sein...«

»Ich wette, du gehst zu Huguette... Aber du darfst ihr nicht sagen, daß ich es war...«

Und Coco in ihrem Männerpyjama verließ ihr Zimmer, stieg in den zweiten Stock, wo Huguette ein Zimmer für sich allein hatte, trat ein und knipste das Licht an. Huguette richtete sich in ihrem Bett auf und rieb sich die Augen.

»Was ist los?«

»Keine Bange, mein Kind. Ich bin's!«

»Ist etwas passiert?«

»Nichts ist passiert. Leg dich wieder hin. Ich will nur mit dir reden.«

»Und Mama?«

»Was soll mit Mama sein? Mama schläft!«

»Warum schaust du mich so an?«

»Wie schaue ich dich denn an?«

»Ich weiß nicht... Man sollte meinen, daß du irgendwas im Schilde führst...«

Das stimmte und stimmte auch wieder nicht. In Wirklichkeit war Huguette neben Mimi Cocos Lieblingsschwester, vielleicht weil sie sich leicht beeinflussen ließ, ein bißchen wie Roberte, nur jünger. In dieser Hinsicht ähnelten drei von ihnen ihrer Mutter: Roberte, Clotilde, die Lehrerin, und Huguette, während die anderen mehr Guillaume Adelin nachschlugen.

Coco war inzwischen unter die Laken geschlüpft und flüsterte:

»Mach Platz, es ist kalt draußen...«

»Du willst hier schlafen?«

»Nein. Hab keine Angst. Ich wollte dich nur fragen, ob du mir nichts zu sagen hast... Rede nicht zu rasch... Laß dir Zeit... Denk mal gut nach...«

»Aber...«

»Überleg mal... Denk an all die Dinge, die sich seit ein paar Tagen oder sogar seit ein paar Wochen ereignet haben, und frage dich, ob du mir nichts zu sagen hast...«

»Ich verstehe nicht...«

»Schau mir in die Augen...«

»Das Licht tut mir weh...«

»Macht nichts!... Schau mich trotzdem an... Ist es nur das Licht, das dich stört?«

»Coco, ich versichere dir...«

»Nein! Weine nicht... Sonst... sonst kneife ich dich, bis du vernünftig wirst...«

»Ich weiß doch nicht einmal, wovon du reden willst...«

»Dann nimm einmal an, ich will von Gérard reden...«

Coco sah das Gesicht ihrer Schwester purpurrot werden und fuhr erbarmungslos fort:

»Jetzt beginnst du zu verstehen, was ich sagen will... Ich werde dir auf die Sprünge helfen... Als du Gérard zu uns nach Hause gebracht hast, was ist da passiert?«

»Aber... Ich weiß nicht...«

»Du widerst mich an, Mädel... Ich hätte dich für

ehrlicher gehalten ... Als du Gérard ins Haus gebracht hast, geschah es, daß Rolande Lust gekriegt und alles getan hat, um ihn dir auszuspannen ... Es fing an, als Papa sie ans Klavier befahl und sie absichtlich falsch gesungen hat ... Dann ist sie zu ihm gegangen, um ihn angeblich über seine Absichten dir gegenüber zur Rede zu stellen, und dann hat sie's schließlich geschafft ... Nun, was sagst du dazu?«

Huguette flennte nur und schwieg.

»Roberte dagegen hat aus reiner Dummheit gehandelt ... Sie sah nur ein Mittel, ihr Monatsende auszugleichen, und sie hat Gérard um Geld gebeten, auf die Gefahr hin, daß ihm alle Lust verging, in eine Bettlerfamilie einzuheiraten. Das ist auch nicht gerade schön, aber die gute alte Roberte kann nichts dafür.«

»Worauf willst du hinaus?«

»Das weiß ich noch nicht genau ... Ich habe den ganzen Tag lang nachgedacht, und da sind mir gewisse Dinge wieder eingefallen ... Und als ich dann erfuhr, daß du heute abend gesagt hast: *Es ist vielleicht meine Schuld*, da habe ich aufs neue nachgedacht und mich gefragt ...«

»Wer hat es dir erzählt ... Das war wieder einmal diese Mimi, möchte ich wetten ...«

Und schmollend drehte sie sich zur Wand.

»Huguette, schau mich an ... Paß auf, wenn du mich nicht anschaust, kneife ich dich. Und du weißt, wenn ich kneife ...«

»Was willst du denn eigentlich?«

»Daß du mir die Wahrheit sagst ...«

»Welche Wahrheit?«

»Hör zu ... Als Gérard sich zum erstenmal im Kino in unsere Loge setzte, wo hat er sich da hingesetzt?«

»Das weiß ich nicht mehr ...«

»O doch, meine Liebe, das weißt du noch sehr gut ... Er setzte sich zwischen uns beide ... Und dazu möchte ich noch etwas sagen ... An diesem Abend hatte ich ganz klar den Eindruck, daß er meinetwegen da war ...«

Huguette hatte sich aufgesetzt, war ganz bleich und starrte ihre Schwester an.

»Siehst du«, sagte Coco, »daß du dich erinnerst? Und du weißt bestimmt auch noch, daß du dich am folgenden Mittwoch in die Mitte gesetzt hast, so daß ich von ihm getrennt war ... An diesem Abend sah ich, wie eure Hände sich im Dunkel berührten ...«

»Ich habe nichts zu verbergen ...«

»Nein! Natürlich nicht ... Nur, Rolande hat ihn dir trotzdem weggeluchst, nicht wahr? ... Also falls du jetzt das Bedürfnis zu reden hast ...«

Statt dessen verfiel Huguette in ein krampfhaftes Schluchzen. Von Zeit zu Zeit spreizte sie die Finger auf ihrem Gesicht und warf Coco einen ängstlichen Blick zu.

»Ich habe nichts getan ...« stammelte sie. »Ich schwöre es.«

»Na schön, aber warum weinst du, wenn du nichts getan hast?«

»Ich habe nur eine Frage beantwortet, die er mir gestellt hat ...«

»Was für eine Frage?«

»Er hat mich nach deinem Alter gefragt ...«

»Und was hast du ihm geantwortet?«

Huguette brauchte volle drei Minuten, bis sie wieder zu Atem kam und sich zu einem Geständnis durchrang:

»Fünfzehn ...«

Sofort sprang Coco aus dem Bett, zeigte sich jedoch sehr beherrscht.

»Also das ist ja wohl der Gipfel!«

»Ich weiß nicht, warum ich das gesagt habe ...«

»O doch! O doch! Du weißt es sehr wohl ...«

»Ich liebte ihn bereits ... Und du liebtest ihn nicht ...«

»Wer sagt das?«

»Du liebtest ihn?«

»Das geht nur mich an ...«

»Coco, es tut mir ja leid ...«

»Dafür ist es auch höchste Zeit! So hat er also geglaubt, ich sei ein kleines Mädchen von fünfzehn Jahren, und da hat er sich natürlich nicht getraut ... Du verdientest es, daß ich dich zur Strafe mit Monsieur Rorive verheirate.«

»Was soll das heißen?«

»Ich muß ihn ja wohl oder übel heiraten!«

»Was erzählst du da?«

»Sollen wir vielleicht lieber das Haus und all unsere Habe verkaufen? Hast du nicht gesehen, in welchen Zustand das Papi versetzt hat? Aber wenn ich Monsieur Rorive heirate ...«

»Du hast ihn gesehen ... und mit ihm gesprochen?«

»Natürlich ... Er hat mir gesagt, wenn man ihn heiratet ...«

»Und du hast ja gesagt?«

»Zuerst habe ich Rolande gefragt, aber sie wollte nicht... Und dabei wäre es an ihr, es zu tun, zumal sie jetzt nur noch ein gefallenes Mädchen ist...«

»Hör auf!«

»Und da du sicher auch nicht willst...«

»Coco!«

»Laß nur, schlaf gut. Wir können morgen über alles reden... Abgesehen davon habe ich meine Pantoffeln vergessen und werde mich noch erkälten...«

In der Tat nieste sie dreimal, kehrte in ihr Zimmer zurück, schlüpfte in ihr Bett und hatte ganz vergessen, daß Mimi noch auf sie wartete.

»Was hat sie gesagt?«

»Das geht dich nichts an!«

Mimi, die schon halb schlief, drohte ihr nichtsdestoweniger:

»Gut! Dann werde ich dir nichts mehr erzählen...«

»Mach Platz!«

»Aber laß deine kalten Füße von mir...«

Coco konnte nicht einschlafen, denn bis um drei Uhr früh hörte sie ihren Vater in seinem Arbeitszimmer auf und ab gehen. Überdies fühlte sie, daß sie sich einen Schnupfen geholt hatte.

6

»Ist er fort?«

»Ja.«

»Hat er nichts gesagt?... War er wie immer?«

Es war am Morgen, und das Haus begann sich zu leeren. Als erster hatte sich Papi mit der ihm gewohnten Steifheit und Feierlichkeit ins Gymnasium begeben. Madame Adelin war mit dem Zug nach Le Havre gefahren, wo sie eine Schwester hatte, mit der sie seit fünfzehn Jahren verkracht war, aber der sie trotz allem ein bißchen Geld abzuluchsen hoffte.

Elisabeth und Huguette gingen gemeinsam fort, wie sie es meist taten, und im Hause blieben nur noch die Älteste und die beiden Jüngsten; Roberte unten in der Küche, wo sie alles stehen und liegen ließ, seit sie wußte, daß ihnen nichts mehr gehörte, und die Zwillinge oben in ihrem Zimmer.

Denn Coco hatte beschlossen, krank zu sein. Ihr Schnupfen war ein guter Vorwand, und ihre roten Wangen halfen ihr, Fieber vorzutäuschen.

»Bist du sicher, daß nur noch Roberte unten ist? Mach das Fenster auf.«

»Aber...«

»Mach das Fenster auf, hab ich gesagt!... Gut... Jetzt schau, ob Monsieur Rorive an der Straßenecke steht...«

»Ja, da ist ein kleiner Mann, der ganz wie er aussieht...«

»Was macht er?«

»Nichts! Er scheint zu warten...«

»Er wartet auf mich! Ich bin sicher, daß er den heutigen und den morgigen Tag dort stehen und auf meine Antwort warten wird... Mach das Fenster wieder zu... Und jetzt komm her. Schau mich an.«

»Was ist denn los?«

»Wenn ich einen Liebsten hätte, wärst du dann fähig, ihn mir nicht abspenstig zu machen?«

»Für wen hältst du mich?«

»Schließlich bist du eine Adelin wie die anderen, nicht wahr? Ich weiß zwar nicht, ob wir von Wilhelm dem Eroberer abstammen, wie Papa behauptet, aber wir haben nun einmal den Hang, uns ein bißchen wie die Wilden aufzuführen... Geh, mach die Tür zu! Setz dich auf den Bettrand!«

Jetzt erteilte Coco ihre Anweisungen, ohne Mimi aus den Augen zu lassen.

»Es ist das dritte Haus in der Rue de l'Éperon, verstehst du? Ein Krämerladen... Sein Zimmer ist im ersten Stock... Wenn er nicht da ist, gehst du jede halbe Stunde wieder hin, bis er kommt... Wenn du ihn siehst, sagst du ihm, deine Schwester Colette... Nein! Sag lieber Coco... das ist besser... sag ihm also, daß deine Schwester Coco sich gestern mit Monsieur Rorive verlobt hat und daß sie heute schwerkrank zu Bett liegt...«

»Du bist schwerkrank?«

»Laß das meine Sorge sein!... Natürlich erzählst du

ihm nicht, daß ich dich geschickt habe... Im Gegenteil!... Wenn er dich fragt, wer im Augenblick zu Hause ist, sag ihm, nur ich und Roberte seien da... Übrigens muß Roberte ausgehen, um das Essen einzukaufen...«

»Und ich?«

»Du wartest auf der Straße oder im Garten...«

»Das kann ja heiter werden!«

»Leg dich ins Zelt, wenn du willst. Hast du alles verstanden?«

»Natürlich habe ich verstanden... Aber wenn er nun ein Mann ist, der, wie Roberte sagt, versucht, einen zu küssen?«

»Hab keine Angst...«

»Ist das alles?«

»Das ist alles.«

»Welchen Hut soll ich aufsetzen?«

»Den miesesten... Das ist immerhin sicherer... Und vor allem, wenn er dich nach meinem Alter fragt, sag ihm, daß ich sechzehneinhalb bin, fast siebzehn...«

»Sechzehn Jahre und vier Monate«, berichtigte Mimi.

»Das genügt!... Und jetzt geh schnell...«

Damit vergrub sich Coco unter die Bettdecken, sprang jedoch plötzlich wieder auf, um sich vor dem Spiegel schön zu machen.

Kurz danach trat Roberte ein und fragte:

»Ißt du mit uns?«

»Nein! Ich fühle mich wirklich nicht wohl...«

»Dann ist es kaum der Mühe wert, daß ich koche...

Niemand ißt! Gestern abend habt ihr alles in den Tellern gelassen...«

»Mach trotzdem zu essen, wie jeden anderen Tag.«

»Warum?«

»Wegen der Würde, verstehst du? Um sich nichts anmerken zu lassen!«

Coco legte sich wieder hin, wartete, schaute zur Decke. Sie hörte ihre älteste Schwester zum Einkaufen fortgehen, und sie war allein im Haus. Jedesmal wenn Schritte auf dem Gehsteig hallten, schlüpfte sie aus den Laken und lief zum Fenster, aber als sich endlich eine Stunde später der Schlüssel im Schloß drehte, war es Roberte, die mit ihrem Fleisch und Gemüse heimkehrte.

»Soll ich dir nicht ein Glas warme Milch heraufbringen?« rief sie von unten.

»Nein, danke. Ich will nichts!«

»Geht es dir besser?«

»Nein, sehr schlecht...«

Sie verriegelte ihre Tür, legte sich hin mit der Nase zur Wand und betrachtete eine Blume auf der Tapete, die so gesehen die Form eines Ritters aus dem Mittelalter annahm.

Endlich hörte sie Schritte im Korridor. Jemand kam die Treppe heraufgerannt, und dann ertönte Mimis atemlose Stimme hinter der Tür:

»Mach auf, schnell. Ich bin's.«

Sie ließ sich auf den Bettrand sinken und sagte:

»Meine arme Coco.«

»Was ist passiert? Hast du ihn gesehen? Was hat er dir gesagt?«

»Mir? Nichts...«

»Hat er dich nicht empfangen wollen?«

»Er hat mich nicht einmal gesehen...«

»Aber...«

»Laß mich doch reden... Zuerst bin ich in die Rue de l'Éperon gegangen, und man hat mir gesagt, daß er nicht da sei... Dann bin ich ein bißchen in der Gegend herumspaziert, um ihm Zeit zu lassen... Beim zweitenmal war immer noch niemand da... Beim drittenmal schließlich...«

»Nun sag schon!«

»Also gut! Beim drittenmal war er da... Aber man sagte mir, daß bereits eine Dame bei ihm sei... Ich fragte, wie sie aussehe... Und dann wurde mir klar, daß es Huguette war... Man hat mir sogar ihren grünen Mantel und ihren roten Hut beschrieben...«

Mimi hatte noch nicht ausgeredet, als Coco mit einem Satz aus dem Bett sprang, sich ihren Pyjama vom Leibe riß und befahl:

»Gib mir mein Hemd, meine Strümpfe und den Gürtel... Beeil dich, Mimi.... Das ist doch nun wirklich der Gipfel!... Die Huguette kann was erleben!... Jetzt meine Hemdhose... Mein blaues Kleid... Und ein bißchen dalli, sage ich dir!...«

Sie suchte den Kamm, zog ihn wütend durch ihre zerzauste Mähne, machte sich selbst angst, indem sie sich in tragischer Pose im Spiegel betrachtete.

»Diesmal glaube ich wirklich, daß es eine Familienkrankheit ist, verstehst du? Wenn ich bedenke...«

»Was wirst du tun?«

»Ich?... Ich?... Das fragst du mich?«

Schweigen ... Das Fieber drohte zu sinken. Endlich gestand sie:

»Ich weiß nicht ... Ich ... Schau rasch, wer da klingelt ... Aber beeil dich doch um Himmels willen!«

Mimi lehnte sich aus dem Fenster.

»Es waren zwei Leute, aber ich sehe nur noch Huguette ... Warte ... Jetzt ist sie auch eingetreten ...«

»Mimi ...«

»Was?«

»Mach das Fenster zu ... Verriegle die Tür ...«

Und Coco riß sich das Kleid vom Leibe, warf es in eine Ecke, sprang in ihr Bett und deckte sich bis zum Hals zu.

»Kommt jemand herauf?«

»Ja.«

»Versteck mein Kleid und meine Schuhe ... Und jetzt mach auf! ... Hol mir ein Glas warme Milch und schütte ein wenig Jodtinktur hinein.«

»Was sagst du?«

»Nimm meine Hemdhose weg, sie liegt am Fußende des Betts.«

Das war's! Mimi wußte überhaupt nichts mehr, als sie plötzlich Gérard auf der Schwelle erblickte.

»Darf ich fragen, ob Ihre Schwester ...« begann er mit zögernder Stimme.

Dann sah er das Bett, näherte sich auf Zehenspitzen, wie man sich einer Schwerkranken nähert, und Coco mußte sich alle Mühe geben, um nicht loszuprusten.

Mimi verließ in Windeseile das Zimmer, schloß die Tür hinter sich, nachdem sie ihrer Schwester ein Zeichen gegeben hatte.

»Fühlen Sie sich nicht besser...?« erkundigte Gérard sich hüstelnd.

»Und Sie?« fragte Coco, mit wehleidiger Miene die Augen öffnend.

»Ich? Ich bin noch nie krank gewesen...«

»Ich glaubte...« hauchte sie.

»Coco, hören Sie mich an... Ich hoffe, daß Ihr Zustand Ihnen gestattet, mich anzuhören... Sie müssen es... Eben war Ihre Schwester Huguette bei mir... Sie hat mir alles erzählt...«

»Was hat sie gesagt?«

»Die Wahrheit... Daß Sie mich seit dem ersten Tage liebten... Daß sie bezüglich Ihres Alters gelogen hat, weil auch sie mich liebte... Und daß Sie sich für Ihre Familie opfern und diesen Kerl heiraten wollen, diesen erbärmlichen Krämer, der...«

Sie wagte ihn nicht anzuschauen, weil sie kaum das Lachen verbeißen konnte. Und er war so verlegen, daß er nichts mehr zu sagen wußte. Schließlich fuhr er fort:

»Ich weiß, daß Sie mich nicht verstehen werden... Ich habe immer mit meiner Mutter gelebt, die sehr eifersüchtig ist, und ich bin den Umgang mit jungen Mädchen nicht gewohnt. Aber als ich Sie gesehen habe...«

»Nun sagen Sie es schon!«

»Ihretwegen habe ich mich in die Loge gesetzt... Aber Ihre Schwester...«

»Das wird sie mir bezahlen!« brummte Coco leise.

»Wie bitte?«

»Ich weiß, daß meine arme Schwester nichts dafür kann...«

»Nein! Letztendlich glaube ich, daß ich allein schuld bin ... Ich hatte nicht den Mut, mich zu erklären ... Beim Gedanken, daß Sie erst fünfzehn wären, fürchtete ich, mich lächerlich zu machen ... Doch um Sie trotz allem auch weiterhin zu sehen ...«

».. . haben Sie Huguette den Hof gemacht!«

»Aber ...«

»Und Rolande haben Sie im Auto mitgenommen ... Ein Glück, daß nicht die ganze Familie herhalten mußte!«

Verblüfft stellte er fest, daß sie gar nicht leidend war. Sie warf die Laken zurück, mit denen sie sich bis zum Kinn zugedeckt hatte, lachte, umarmte den jungen Mann und sagte:

»Dummkopf!«

»Sie sind nicht krank?«

»Ein bißchen ... Ja, ich glaube, ich bin ein wenig krank ... Aber damit hat es sich noch lange nicht! ... Meine liebe Schwester hat Ihnen also mein Alter gesagt? Sie hat Ihnen gesagt, daß ich fast siebzehn bin?«

»Sie hat mir alles gesagt ... Und sie hat mich um Verzeihung gebeten ...«

»Halten Sie es übrigens für schicklich, sich im Zimmer eines jungen Mädchens aufzuhalten?«

»Aber wenn es sich um ein Krankenzimmer handelt ...«

»Ja, nur bin ich überhaupt nicht mehr krank ... Nun gut! Ich werde mich krank stellen ... Haben Sie keine Angst?«

»Wovor?«

»Vor mir! Denn ich muß Ihnen gleich sagen, daß

vielleicht nicht alles wie geschmiert gehen wird ... Ich habe ziemlich genaue Vorstellungen von dem, was ich tun will ... Ich bin nämlich furchtbar eigensinnig ...«

Statt einer Antwort lächelte er nur gerührt.

»Gut! Ich sehe, daß Sie sich fügen ... So werden wir zum Beispiel weder in Ihrem alten Ahnenschloß in der Stadt leben noch auf Ihrer ländlichen Ritterburg für historische Filme ... Und da wir von Häusern reden ...«

Plötzlich wurde sie ernst und blickte ihm in die Augen.

»Wissen Sie, warum ich Monsieur Rorive heiraten wollte?«

»Huguette hat es mir zu verstehen gegeben ...«

»Es wäre gut, wenn Sie es genau wüßten, denn es ist Ihre Aufgabe, diese Hausgeschichte ins reine zu bringen. Um es kurz zu machen: Sie kaufen mich für sechzigtausend Francs.«

»Coco!«

»Was heißt Coco? Sie hätten mich gratis haben können, aber es ist schließlich nicht meine Schuld, daß die Familie ein Nest braucht ... Das können Sie nicht verstehen, mein armer Gérard! ... Aber lassen Sie nur ... heute früh bin ich ein bißchen verrückt ... Ach! Da ist noch etwas, das ich fast vergessen hätte: Wir werden nie in Caen wohnen ...«

»Warum nicht?«

»Wegen meiner Schwestern ... Ich möchte nicht, daß es wieder von vorn anfängt ... Ganz abgesehen von der Gegenwart Ihrer Mutter ...«

»Wieso?«

»Wir heiraten einander und nicht Ihre Mutter, meine Schwestern und die ganze Sippschaft... Einverstanden?«

»Aber...«

»Kein Aber! Einverstanden?«

»Ja, einverstanden...«

Und da rief sie:

»Junge, Junge!«

Er schaute sie verständnislos an.

»Wenn ich *Junge, Junge!* sage, so ist das ein tolles Kompliment, das können Sie mir glauben... Auf den ersten Blick würde man Ihnen nicht viel Charakter zumuten... Aber wie ich sehe, haben Sie Durchhaltevermögen und lassen sich von Widerwärtigkeiten nicht abschrecken... Armer Gérard!«

Sie vergaß, daß sie im Hemd war, sprang auf ihn zu, küßte ihn zuerst auf die Wangen, dann mitten auf den Mund, und ihre Lippen brannten.

In diesem Augenblick glänzten ihre Augen, aber es war nicht mehr das Fieber, sondern eine feuchte Wärme, die in ihnen aufstieg, und sie verspürte das Bedürfnis, wie eine vernünftige kleine Person zu reden:

»Sie werden sehen, daß wir etwas aus Ihnen machen! ... Aber jetzt muß ich mich zuerst einmal anziehen... Huguette wird Rolande holen...

Sie öffnete die Tür und rief in den Treppenflur:

»Roberte! Roberte! Mach uns ein köstliches Mittagessen... Doch! Doch!... Und beeil dich...«

Dann zwinkerte sie Gérard zu, als wollte sie sagen: »Passen Sie auf! Sie werden sehen...«

In der Tat erschien Roberte mit zu Tode erschrockenem Gesicht, nahm ihre Schwester beiseite und flüsterte:

»Mit welchem Geld?«

»Ach, Geld! Immer nur Geld!«

»Pssst! Coco!«

»Coco was? Und wenn schon! Glaubst du vielleicht, Gérard hält uns für Millionäre?«

Und dann befahl sie gebieterisch:

»Geben Sie ihr hundert Francs als Vorschuß auf die sechzigtausend, damit sie uns eine gute Mahlzeit zubereiten kann... Und jetzt hinaus mit euch! Ich muß mich anziehen...«

Sie erblickte Mimi auf dem Korridor, dachte nach, fragte sie:

»Wo ist Huguette?«

»Im Salon...«

»Gut! In diesem Fall« – und sie zeigte auf Gérard – »paß gut auf ihn auf!«

Dann überlegte sie es sich noch einmal und sagte:

»Oder lieber nicht... Ich traue niemandem mehr... Gérard, gehen Sie dort hinein, und warten Sie, bis ich fertig bin...«

Und sie verriegelte die Tür.

»So, und du wirst jetzt zu Monsieur Rorive gehen und ihm mitteilen, daß im Hause niemand mehr für ihn verfügbar ist...«

Nun konnte sie sich endlich ankleiden, wobei sie falsch sang und von Zeit zu Zeit an die Wand klopfte, die sie von Gérard trennte.

Neuilly, Sommer 1937

Stanley G. Eskin
Simenon
Eine Biographie

Aus dem Amerikanischen
von Michael Mosblech

Stanley G. Eskins Biographie stützt sich auf Gespräche mit Simenon, mit Verwandten, Freunden, Verlegern des Autors sowie auf das riesige, erst bruchstückhaft erschlossene Material des Simenon-Archivs in Lüttich.

»Eskin erzählt so anschaulich, als habe er von dem Gegenstand seiner Studien die einfache, farbige, spannende Erzählweise gelernt.«
Frankfurter Allgemeine Zeitung

»Mit dem Index, den zahlreichen Anmerkungen, der vollständigen Bibliographie der Werke und der Verfilmungen wird dieser Band sicher die große umfassende Biographie des Schriftstellers werden. Eskin hält auch mit persönlichen Urteilen nicht zurück; sein Buch verdient daher Aufmerksamkeit und Hochachtung.«
Die Welt, Bonn

»Ich konnte nie glauben, daß Simenon wirklich existiert. Seine ungeheure Produktion, mein immer neues Staunen über die Vollkommenheit seiner Erzählungen, die psychologische Genauigkeit seiner unendlich vielen Figuren, die Eindrücklichkeit der Landschaftsbeschreibungen vermittelten mir stets das Bild eines hinreißenden Schriftstellers, das aber so ungreifbar und unbestimmt blieb wie etwa das Bild des Frühlings, des Meeres, das Bild von Weihnachten – Bilder, die man mit Vergnügen und unbewußtem Wohlbehagen in sich aufnimmt und erlebt, ohne daß sie imstande wären, die Begriffe in ihrer Dinghaftigkeit und Identität vollständig zu verkörpern.« *Federico Fellini*

»Mit Sicherheit das umfassendste Werk, das je über mich geschrieben wurde.« *Georges Simenon*

Georges Simenon im Diogenes Verlag

Romane

Brief an meinen Richter
Roman. Deutsch von Hansjürgen Wille und Barbara Klau. detebe 20371

Der Schnee war schmutzig
Roman. Deutsch von Willi A. Koch
detebe 20372

Die grünen Fensterläden
Roman. Deutsch von Alfred Günther
detebe 20373

Im Falle eines Unfalls
Roman. Deutsch von Hansjürgen Wille und Barbara Klau. detebe 20374

Sonntag
Roman. Deutsch von Hansjürgen Wille und Barbara Klau. detebe 20375

Bellas Tod
Roman. Deutsch von Elisabeth Serelmann-Küchler. detebe 20376

Der Mann mit dem kleinen Hund
Roman. Deutsch von Stefanie Weiss
detebe 20377

Drei Zimmer in Manhattan
Roman. Deutsch von Linde Birk
detebe 20378

Die Großmutter
Roman. Deutsch von Linde Birk
detebe 20379

Der kleine Mann von Archangelsk
Roman. Deutsch von Alfred Kuoni
detebe 20584

Der große Bob
Roman. Deutsch von Linde Birk
detebe 20585

Die Wahrheit über Bébé Donge
Roman. Deutsch von Renate Nickel
detebe 20586

Tropenkoller
Roman. Deutsch von Annerose Melter
detebe 20673

Ankunft Allerheiligen
Roman. Deutsch von Eugen Helmlé
detebe 20674

Der Präsident
Roman. Deutsch von Renate Nickel
detebe 20675

Der kleine Heilige
Roman. Deutsch von Trude Fein
detebe 20676

Der Outlaw
Roman. Deutsch von Liselotte Julius
detebe 20677

Die Glocken von Bicêtre
Roman. Neu übersetzt von Angela von Hagen. detebe 20678

Der Verdächtige
Roman. Deutsch von Eugen Helmlé
detebe 20679

Die Verlobung des Monsieur Hire
Roman. Deutsch von Linde Birk
detebe 20681

Der Mörder
Roman. Deutsch von Lothar Baier
detebe 20682

Die Zeugen
Roman. Deutsch von Anneliese Botond
detebe 20683

Die Komplizen
Roman. Deutsch von Stefanie Weiss
detebe 20684

Der Ausbrecher
Roman. Deutsch von Erika Tophoven-Schöningh. detebe 20686

Wellenschlag
Roman. Deutsch von Eugen Helmlé
detebe 20687

Der Mann aus London
Roman. Deutsch von Stefanie Weiss
detebe 20813

Die Überlebenden der Télémaque
Roman. Deutsch von Hainer Kober
detebe 20814

Der Mann, der den Zügen nachsah
Roman. Deutsch von Walter Schürenberg
detebe 20815

Zum Weißen Roß
Roman. Deutsch von Trude Fein
detebe 20986

Der Tod des Auguste Mature
Roman. Deutsch von Anneliese Botond
detebe 20987

Die Fantome des Hutmachers
Roman. Deutsch von Eugen Helmlé
detebe 21001

Die Witwe Couderc
Roman. Deutsch von Hanns Grössel
detebe 21002

Schlußlichter
Roman. Deutsch von Stefanie Weiss
detebe 21010

Die schwarze Kugel
Roman. Deutsch von Renate Nickel
detebe 21011

Die Brüder Rico
Roman. Deutsch von Angela von Hagen
detebe 21020

Antoine und Julie
Roman. Deutsch von Eugen Helmlé
detebe 21047

Betty
Roman. Deutsch von Raymond Regh
detebe 21057

Die Tür
Roman. Deutsch von Linde Birk
detebe 21114

Der Neger
Roman. Deutsch von Linde Birk
detebe 21118

Das blaue Zimmer
Roman. Deutsch von Angela von Hagen
detebe 21121

Es gibt noch Haselnußsträucher
Roman. Deutsch von Angela von Hagen
detebe 21192

Der Bürgermeister von Furnes
Roman. Deutsch von Hanns Grössel
detebe 21209

Der Untermieter
Roman. Deutsch von Ralph Eue
detebe 21255

Das Testament Donadieu
Roman. Deutsch von Eugen Helmlé
detebe 21256

Die Leute gegenüber
Roman. Deutsch von Hans-Joachim Hartstein. detebe 21273

Weder ein noch aus
Roman. Deutsch von Elfriede Riegler
detebe 21304

Auf großer Fahrt
Roman. Deutsch von Angela von Hagen
detebe 21327

Der Bericht des Polizisten
Roman. Deutsch von Markus Jakob
detebe 21328

Die Zeit mit Anaïs
Roman. Deutsch von Ursula Vogel
detebe 21329

Der Passagier der Polarlys
Roman. Deutsch von Stefanie Weiss
detebe 21377

Die Katze
Roman. Deutsch von Angela von Hagen
detebe 21378

Die Schwarze von Panama
Roman. Deutsch von Ursula Vogel
detebe 21424

Das Gasthaus im Elsaß
Roman. Deutsch von Angela von Hagen
detebe 21425

Das Haus am Kanal
Roman. Deutsch von Ursula Vogel
detebe 21426

Der Zug
Roman. Deutsch von Trude Fein. detebe 21480

Striptease
Roman. Deutsch von Angela von Hagen
detebe 21481

45° im Schatten
Roman. Deutsch von Angela von Hagen
detebe 21482

Die Eisentreppe
Roman. Deutsch von Angela von Hagen
detebe 21557

Das Fenster der Rouets
Roman. Deutsch von Stefanie Weiss
detebe 21558

Die bösen Schwestern von Concarneau
Roman. Deutsch von Ingrid Altrichter
detebe 21559

Der Sohn Cardinaud
Roman. Deutsch von Linde Birk
detebe 21598

Der Zug aus Venedig
Roman. Deutsch von Liselotte Julius
detebe 21617

Weißer Mann mit Brille
Roman. Deutsch von Ursula Vogel
detebe 21635

Der Bananentourist
Roman. Deutsch von Barbara Heller
detebe 21679

Monsieur La Souris
Roman. Deutsch von Renate Heimbucher-Bengs. detebe 21681

Der Teddybär
Roman. Deutsch von Ingrid Altrichter
detebe 21682

Die Marie vom Hafen
Roman. Deutsch von Ursula Vogel
detebe 21683

Der reiche Mann
Roman. Deutsch von Stefanie Weiss
detebe 21753

»... die da dürstet«
Roman. Deutsch von Irène Kuhn
detebe 21773

Vor Gericht
Roman. Deutsch von Linde Birk. detebe 21786

Der Umzug
Roman. Deutsch von Barbara Heller
detebe 21797

Der fremde Vetter
Roman. Deutsch von Stefanie Weiss
detebe 21798

Das Begräbnis des Monsieur Bouvet
Roman. Deutsch von H.J. Solbrig
detebe 21799

Die schielende Marie
Roman. Deutsch von Eugen Helmlé
detebe 21800

Die Pitards
Roman. Deutsch von Ingrid Altrichter
detebe 21857

Das Gefängnis
Roman. Deutsch von Michael Mosblech
detebe 21858

Malétras zieht Bilanz
Roman. Deutsch von Irmgard Perfahl
detebe 21893

Das Haus am Quai Notre-Dame
Roman. Deutsch von Eugen Helmlé
detebe 21894

Der Neue
Roman. Deutsch von Ingrid Altrichter
detebe 21895

Die Erbschleicher
Roman. Deutsch von Renate Heimbucher-Bengs. detebe 21938

Die Selbstmörder
Roman. Deutsch von Linde Birk. detebe 21939

Tante Jeanne
Roman. Deutsch von Inge Giese. detebe 21940

Der Rückfall
Roman. Deutsch von Ursula Vogel
detebe 21941

Am Maultierpaß
Roman. Deutsch von Michael Mosblech
detebe 21942

Der Glaskäfig
Roman. Deutsch von Stefanie Weiss
detebe 22403

Das Schicksal der Malous
Roman. Deutsch von Günter Seib
detebe 22404

Der Uhrmacher von Everton
Roman. Deutsch von Ursula Vogel
detebe 22405

Das zweite Leben
Roman. Deutsch von Ingrid Altrichter
detebe 22406

Der Erpresser
Roman. Deutsch von Linde Birk
detebe 22407

Die Flucht des Monsieur Monde
Roman. Deutsch von Barbara Heller
detebe 22408

Der ältere Bruder
Roman. Deutsch von Ingrid Altrichter
detebe 22454

Doktor Bergelon
Roman. Deutsch von Günter Seib
detebe 22455

Die letzten Tage eines armen Mannes
Roman. Deutsch von Michael Mosblech
detebe 22456

Sackgasse
Roman. Deutsch von Stefanie Weiss und Richard K. Flesch. detebe 22457

Die Flucht der Flamen
Roman. Deutsch von Barbara Heller
detebe 22458

Die verschwundene Tochter
Roman. Deutsch von Renate Heimbucher
detebe 22459

Fremd im eigenen Haus
Roman. Deutsch von Gerda Scheffel
detebe 22473

Das Haus der sieben Mädchen
Roman. Deutsch von Helmut Kossodo
detebe 22501

Der Amateur
Roman. Deutsch von Helmut Kossodo
detebe 22502

Das Unheil
Roman. Deutsch von Josef Winiger
detebe 22503

Die verlorene Stute
Roman. Deutsch von Helmut Kossodo
detebe 22504

Der Witwer
Roman. Deutsch von Linde Birk
detebe 22505

Der Stammgast
Roman. Deutsch von Josef Winiger
detebe 22506

● Maigret-Romane und -Erzählungen

Weihnachten mit Maigret
Zwei Romane und eine Erzählung: Maigret und der Winhändler / Weihnachten mit Maigret / Maigret hat Skrupel. Deutsch von Hainer Kober, Hans-Joachim Hartstein und Ingrid Altrichter. Leinen

Maigrets erste Untersuchung
Roman. Deutsch von Roswitha Plancherel
detebe 20501

Maigret und Pietr der Lette
Roman. Deutsch von Wolfram Schäfer
detebe 20502

Maigret und die alte Dame
Roman. Deutsch von Renate Nickel
detebe 20503

Maigret und der Mann auf der Bank
Roman. Deutsch von Annerose Melter
detebe 20504

Maigret und der Minister
Roman. Deutsch von Annerose Melter
detebe 20505

Mein Freund Maigret
Roman. Deutsch von Annerose Melter
detebe 20506

Maigrets Memoiren
Roman. Deutsch von Roswitha Plancherel
detebe 20507

Maigret und die junge Tote
Roman. Deutsch von Raymond Regh
detebe 20508

Maigret amüsiert sich
Roman. Deutsch von Renate Nickel
detebe 20509

Hier irrt Maigret
Roman. Deutsch von Elfriede Riegler
detebe 20690

Maigret und der gelbe Hund
Roman. Deutsch von Raymond Regh
detebe 20691

Maigret vor dem Schwurgericht
Roman. Deutsch von Wolfram Schäfer
detebe 20692

Maigret als möblierter Herr
Roman. Deutsch von Wolfram Schäfer
detebe 20693

Madame Maigrets Freundin
Roman. Deutsch von Roswitha Plancherel
detebe 20713

Maigret kämpft um den Kopf eines Mannes
Roman. Deutsch von Roswitha Plancherel
detebe 20714

Maigret und die kopflose Leiche
Roman. Deutsch von Wolfram Schäfer
detebe 20715

Maigret und die widerspenstigen Zeugen
Roman. Deutsch von Wolfram Schäfer
detebe 20716

Maigret am Treffen der Neufundlandfahrer
Roman. Deutsch von Annerose Melter
detebe 20717

Maigret bei den Flamen
Roman. Deutsch von Claus Sprick
detebe 20718

Maigret und das Schattenspiel
Roman. Deutsch von Claus Sprick
detebe 20734

Maigret und die Keller des Majestic
Roman. Deutsch von Linde Birk
detebe 20735

Maigret contra Picpus
Roman. Deutsch von Hainer Kober
detebe 20736

Maigret läßt sich Zeit
Roman. Deutsch von Sibylle Powell
detebe 20755

Maigrets Geständnis
Roman. Deutsch von Roswitha Plancherel
detebe 20756

Maigret zögert
Roman. Deutsch von Annerose Melter
detebe 20757

Maigret und die Bohnenstange
Roman. Deutsch von Guy Montag
detebe 20808

Maigret und das Verbrechen in Holland
Roman. Deutsch von Renate Nickel
detebe 20809

Maigret und sein Toter
Roman. Deutsch von Elfriede Riegler
detebe 20810

Maigret, Lognon und die Gangster
Roman. Deutsch von Wolfram Schäfer
detebe 20812

Maigret und der Gehängte von Saint-Pholien
Roman. Deutsch von Sibylle Powell
detebe 20816

Maigret und der verstorbene Monsieur Gallet
Roman. Deutsch von Roswitha Plancherel
detebe 20817

Maigret und der Treidler der ›Providence‹
Roman. Deutsch von Claus Sprick
detebe 21029

Maigrets Nacht an der Kreuzung
Roman. Deutsch von Annerose Melter
detebe 21050

Maigret hat Angst
Roman. Deutsch von Elfriede Riegler
detebe 21062

Maigret gerät in Wut
Roman. Deutsch von Wolfram Schäfer
detebe 21113

Maigret verteidigt sich
Roman. Deutsch von Wolfram Schäfer
detebe 21117

Maigret erlebt eine Niederlage
Roman. Deutsch von Elfriede Riegler
detebe 21120

Maigret und der geheimnisvolle Kapitän
Roman. Deutsch von Annerose Melter
detebe 21180

Maigret und die alten Leute
Roman. Deutsch von Annerose Melter
detebe 21200

Maigret und das Dienstmädchen
Roman. Deutsch von Hainer Kober
detebe 21220

Maigret im Haus des Richters
Roman. Deutsch von Liselotte Julius
detebe 21238

Maigret und der Fall Nahour
Roman. Deutsch von Sibylle Powell
detebe 21250

Maigret und der Samstagsklient
Roman. Deutsch von Angelika Hildebrandt-Essig. detebe 21295

Maigret in New York
Roman. Deutsch von Bernhard Jolles
detebe 21308

Maigret und die Affäre Saint-Fiacre
Roman. Deutsch von Werner De Haas
detebe 21373

Sechs neue Fälle für Maigret
Erzählungen. Deutsch von Elfriede Riegler
detebe 21375

Maigret in der Liberty Bar
Roman. Deutsch von Angela von Hagen
detebe 21376

Maigret und der Spion
Roman. Deutsch von Hainer Kober
detebe 21427

Maigret und die kleine Landkneipe
Roman. Deutsch von Bernhard Jolles und Heide Bideau. detebe 21428

Maigret und der Verrückte von Bergerac
Roman. Deutsch von Hainer Kober
detebe 21429

Maigret, die Tänzerin und die Gräfin
Roman. Deutsch von Hainer Kober
detebe 21484

Maigret macht Ferien
Roman. Deutsch von Markus Jakob
detebe 21485

Maigret und der hartnäckigste Gast der Welt
Sechs Fälle für Maigret. Deutsch von Linde Birk und Ingrid Altrichter. detebe 21486

Maigret verliert eine Verehrerin
Roman. Deutsch von Ingrid Altrichter
detebe 21521

Maigret in Nöten
Roman. Deutsch von Markus Jakob
detebe 21522

Maigret und sein Rivale
Roman. Deutsch von Ingrid Altrichter
detebe 21523

Maigret und die schrecklichen Kinder
Roman. Deutsch von Paul Celan
detebe 21574

Maigret und sein Jugendfreund
Roman. Deutsch von Markus Jakob
detebe 21575

Maigret und sein Revolver
Roman. Deutsch von Ingrid Altrichter
detebe 21576

Maigret auf Reisen
Roman. Deutsch von Ingrid Altrichter
detebe 21593

Maigret und die braven Leute
Roman. Deutsch von Ingrid Altrichter
detebe 21615

Maigret und der faule Dieb
Roman. Deutsch von Stefanie Weiss
detebe 21629

Maigret und die verrückte Witwe
Roman. Deutsch von Michael Mosblech
detebe 21680

Maigret und sein Neffe
Roman. Deutsch von Ingrid Altrichter
detebe 21684

Maigret und Stan der Killer
Vier Fälle für Maigret. Deutsch von Inge Giese und Eva Schönfeld. detebe 21741

Maigret und das Gespenst
Roman. Deutsch von Barbara Heller
detebe 21760

Maigret in Kur
Roman. Deutsch von Irène Kuhn
detebe 21770

Madame Maigrets Liebhaber
Vier Fälle für Maigret. Deutsch von Ingrid Altrichter, Inge Giese und Josef Winiger
detebe 21791

Maigret und der Clochard
Roman. Deutsch von Josef Winiger
detebe 21801

Maigret und Monsieur Charles
Roman. Deutsch von Renate Heimbucher-Bengs. detebe 21802

Maigret und der Spitzel
Roman. Deutsch von Inge Giese. detebe 21803

Maigret und der einsame Mann
Roman. Deutsch von Ursula Vogel
detebe 21804

Maigret und der Messerstecher
Roman. Deutsch von Josef Winiger
detebe 21805

Maigret hat Skrupel
Roman. Deutsch von Ingrid Altrichter
detebe 21806

Maigret in Künstlerkreisen
Roman. Deutsch von Ursula Vogel
detebe 21871

Maigret und der Weinhändler
Roman. Deutsch von Hainer Kober
detebe 21872

Maigret in Arizona
Roman. Deutsch von Wolfram Schäfer
detebe 22474

● Erzählungen

Der kleine Doktor
Erzählungen. Deutsch von Hansjürgen Wille und Barbara Klau. detebe 21025

Emil und sein Schiff
Erzählungen. Deutsch von Angela von Hagen. detebe 21318

Die schwanzlosen Schweinchen
Erzählungen. Deutsch von Linde Birk
detebe 21284

Exotische Novellen
Deutsch von Annerose Melter. detebe 21285

Meistererzählungen
Deutsch von Wolfram Schäfer u.a.
detebe 21620

Die beiden Alten in Cherbourg
Erzählungen. Deutsch von Inge Giese und Reinhard Tiffert. detebe 21943

● Reportagen

Die Pfeife Kleopatras
Reportagen aus aller Welt. Deutsch von Guy Montag. detebe 21223

Zahltag in einer Bank
Reportagen aus Frankreich. Deutsch von Guy Montag. detebe 21224

● Biographisches

Intime Memoiren und Das Buch von Marie-Jo
Aus dem Französischen von Hans-Joachim Hartstein, Claus Sprick, Guy Montag und Linde Birk. detebe 21216

Stammbaum
Pedigree. Autobiographischer Roman
Deutsch von Hans-Joachim Hartstein
detebe 21217

Simenon auf der Couch
Fünf Ärzte verhören den Autor sieben Stunden lang. Deutsch von Irène Kuhn
Mit einer Bibliographie und Filmographie und 43 Abbildungen. detebe 21658

Außerdem liegen vor:

Stanley G. Eskin
Simenon
Eine Biographie. Mit zahlreichen bisher unveröffentlichten Fotos, Lebenschronik, Bibliographie, ausführlicher Filmographie, Anmerkungen, Namen- und Werkregister. Aus dem Amerikanischen von Michael Mosblech
Leinen

Über Simenon
Zeugnisse und Essays von Patricia Highsmith bis Alfred Andersch. Mit einem Interview, mit Chronik und Bibliographie. Herausgegeben von Claudia Schmölders und Christian Strich. detebe 20499

Das Simenon Lesebuch
Erzählungen, Reportagen, Erinnerungen
Herausgegeben von Daniel Keel
detebe 20500